ことのは文庫

京都「無幻堂」でお別れを

大切な人形の魂を送る処

望月くらげ

MICRO MAGAZINE

目次

Contents

第一章　再就職先とわけあり古民家謎の店……6
第二章　黒みつ団子と青い瞳のフランス人形……32
第三章　トロッコ列車と置いていかれた雛人形……70
第四章　祇園祭と腹話術人形のジロウちゃん……114
閑話　思い出の贖罪と空に昇るマリオネット……152
第五章　過ぎ去りし日との邂逅と晴れ渡る空が流す涙……168
第六章　さよならと愛を知らないムーミーちゃん人形……228
エピローグ　京の朝と新しい明日のはじまり……258
番外編　流れゆく鴨川とぬいぐるみたちとのかくれんぼ……262

京都「無幻堂」でお別れを

大切な人形の魂を送る処

第一章　再就職先とわけあり古民家謎の店

　六月末、例年より随分と早く梅雨が明け、だんだんと暑くなってきた木漏れ日の下を歩く。午前十時、近くの学校からは楽しそうな子どもたちの声が聞こえてくる。すれ違うスーツ姿の男性はスマホを手にこのあとの予定を決めているのだろうか、通話相手に時間を告げている。みんな何かを頑張っている中、私だけが置いていかれたような気持ちになる。

　朝から何度目かになる深いため息をつきながら、会社の最寄り駅である十三《じゅうそう》駅からタイミングよく来た特急電車に乗り込んだ。

　平日の午前中だというのに、それでもこの路線は人が多い。普通列車ならそうでもないけれど特急や準急は京都へ行く人で平日休日関係なく溢れていた。今日も八割近くの座席がお年寄りやおしゃべりをしているおばさまたちで埋まっている。それでもめざとく見つけた手すり横の席に座ると、私はもう一度ため息をついた。

　隣に立つ男性のカバンが当たったと怒っている女性、痴漢扱いされるのではと必死に両手を挙げている男性、手に持っていたはずの切符がないと騒ぐ女性、たくさんの感情が溢れるせいで気持ち悪くなる。

それでも、毎朝乗っている電車に比べれば優しいものだ。

普段なら平日のこんな時間の電車に乗ることなんてない。それこそ大学を卒業して今の会社――正確には先ほどまで勤めていた会社に入社してから二年間は一度も、だ。

なのにどうしてこんなことになってしまったのだろう。手すりに頭をもたれかけ、目を閉じると先ほどまでの光景がこれでもかというぐらい鮮明に思い出された。


朝、いつもと同じように最寄り駅から満員電車に乗って勤務先である『グレートテレオペレーション』へと向かった。新卒で入社してから二年、目立ったクレームもなく粛々と仕事をこなしていたのだけれど、今日はオフィスに入った瞬間、室内の空気が違っていた。

みんなが私を避けるように視線をそらし、わざとらしくパソコンのモニターに顔を向ける。何かあったのだろうか。そう思いながらも自分の席に向かうと、デスクに鞄を置いた。

そのとき――部長の狸田《たぬきだ》さんが私の名前を呼んだ。

「夏原《なつはら》さん、ちょっと」

「はい？」

部長の方へと視線を向けると、私を手招きしている姿が見えた。普段の柔和な雰囲気はどこへやら、今の部長は黒に近い赤の色を纏っているのが見えた。あれは、かなり不機嫌そうに見えた。

「い、今行きます！」

椅子に座ることも許されず、部長の席へと向かった私に一枚の紙が手渡された。

「解雇……通知書？」

「そう。今までご苦労さん」

「なっ……！　ど、どうしてですか！」

「うちの会社、近頃業績が悪くてね。まあいわゆるリストラってやつ。あ、でも安心して。解雇予告手当はちゃんと支払われるから。と、いうことで今日はこのまま荷物の整理をしてもらって――」

「ま、待ってください！　どうして私なんですか！」

どんどん進んでいく話に慌てて口を挟む。こんなの意味がわからない。だって、昨日まで普通に働いていて、今日だってこれから仕事をする予定だったのに解雇だなんて、そんなのあり得ない。

「どうして？」

「だ、だって今までクレームだって一度もないし、無遅刻無欠勤で真面目に働いてきたつもりです。なのにいきなり解雇だなんて納得できません！」

「……たしかに、夏原さんの言う通り、君は凄く真面目だしクレームの電話であろうと最後には和やかに話を終えるのは本当に凄いと思う。でも、それだけだ」

「それ、だけ」

「そうだろう？　じゃあ、聞くけど入社してから二年以上が経って、君が今までに上げた成績を言ってみてくれ」

「そ、それは……」

部長の言葉に反論しようとするけれど、それよりも早く部長が口を開いた。

「答えられないのなら私が答えようか？　答えは0だ。ゼロ。ゼロ件。ナッシング。一件もない。君よりあとに入ってきた新卒の子だって去年一年で0なんて子は一人もいない中で、なんならうちの会社の中で君一人が今まで一件の成績も上げてないいんだ。これでどうして自分が解雇されることに対して不服を言えるのか、私にはわからないよ」

今度こそ何も言えなかった。それでも、悔しさと情けなさで涙が溢れそうになるのだけは必死で堪えた。ここで泣くわけにはいかない。私は社会人で、大人なんだから。

深々と頭を下げると、つま先が薄らと剥げたパンプスを睨みつけながら、必死に言葉を紡いだ。

「っ……部長のおっしゃる通りです。大変申し訳ございません。これからはより一層頑張って、一件でも多くの注文を取れるよう――」

「だから、もういいんだって」

そう言った部長の声はやけに優しかった。先ほどまでとは打って変わって、部長を冷たささえ感じるような青色の空気が包み込んだ。

「人には向き不向きがあるんだ。この仕事は君には向いてなかったんだよ。次は誰かと関わることのない、一人で黙々と進められるようなそんな仕事に就くといい。愚直《ぐちょく》な君にはそういう方が向いていると思うよ」

「まっ……」

「それじゃ、今までお疲れさま」

皮肉とともに言ったその言葉を最後に、部長は私を見ることなく手元のパソコンへと視線を移した。ハッキリとした拒絶に、それ以上何も言うことができず、私は頭を下げると自分の席へと向かった。

他の人たちは仕事をしているふりをしながら何度も視線をこちらへ向けてくるのがわかる。好奇心の黄色、懸念や不安を表す灰色など、様々な色がオフィスに溢れていた。

こんな能力があったって何の役にも立たない。ただ人の顔色を窺うだけにしか使えない、無意味な能力だ。

向けられる視線に、口を開けば泣いてしまいそうで必死に唇をかみしめると、私は机の中の物を片付けた。社外秘の物は持ち帰ることはできない。シュレッダーにかけるものと私物を分けると鞄の中にそれらを詰め込む。パンパンに膨らんだ鞄を手に、私は会社をあとにした。

「お世話になりました」

震える声でそう言いながら頭を下げて。

ああ、でも思い出しただけでも悔しくて涙が溢れそうになる。でも、たしかに部長の言う通り成績を上げることができなかったのは事実だ。気にしていないわけじゃなかった。でも、お客様に電話をして話を聞いているうちに、どうしてもその人に勧める気になれなかったり、いらないと言われてしまうと『たしかにそうですよね』と思ってしまった。先輩や課長はもっと強引にグイグイ取りにいけというけれど、本当にその商品をほしいと思っていない人に押し売りのような形で売りつけるのが正しいとは、私には思えなかった。

溢れ出した涙が頬を伝うのを隠すように、寝ているふりをして俯く。二駅、たかが十分ほどの距離がやけに長く感じる。帰ったらとにかく仕事を探さなきゃ。

チラッと見た解雇通知書には一ヶ月分の給料が出ると書かれていた。猶予は一ヶ月ある。それまでになんとしても再就職しなければいけない。気持ちも頭も重くなる。重く……。

「っ……あれ？」

ふと気づくと電車が止まっていた。淡路《あわじ》駅に着いたのだろうか？　それにしては停車時間が長いような——。

「って、嘘。河原町《かわらまち》!?」

顔を上げた私の目に飛び込んできたのは、ホームに書かれた『京都河原町《きょうとかわらまち》』の文字だった。まさかいつの間にか眠っていて降りるはずの駅を寝過ごしてしまった？　でも河原町って終点だし、いくらなんでもそこまで一度も起きなかったなんてことがあるはず……ないと言い切れないのが辛いところだ。

「とにかく降りなきゃ」

慌てて電車からホームに降りると私は久しぶりに来た京都にソワソワしてしまう。阪急京都線に乗れば一本で着くとはいえ、私の住む茨木《いばらき》からだと大阪に行く方が近い。そのため特別何か用事があるときじゃなければ京都まで来ることはなかった。仕事をし始めてからは余計に、だ。そのせいか距離的にいえばそこまで遠いわけじゃないのに、なんとなくアウェイな感じがする。

けれど、だからこそ気持ちも紛れるかもしれない。

私は小さく頷くと、乗り越し精算をして改札を出て、京都の街へと飛び出した。

せっかくここまで来たんだから、美味しいと評判の抹茶のパフェを食べて帰るのもいいかもしれない。それとも生クリーム増し増しのパンケーキにしようか。あ、でもこの前テレビで見たきなこのアイスクリーム屋さんもいいかもしれない。休日は凄い人だと言っていたけれど、平日のこの時間ならそこまで混んでいないだろう。そうと決まれば出発だ。

「それにしても、いい天気だなぁ」

京都河原町駅を出て辺りを見回すと、右手に橋が見える。四条大橋だ。

目的地は決まったはずなのに、なんとなくふらふらとそちらに向かって歩いていく。人がいるとついつい交ざりたくなるのはなんなのだろう。

修学旅行生や海外からの観光客に交じって橋から川を見下ろすと、眼下に鴨川が、そして河川敷には等間隔に座るカップルが見えた。

「いいなぁ」

思わず口をついて出た言葉に、慌てて両手で口を押さえる。幸い、周りの人は知り合いでもない私のことなんて気にもとめていないようでホッとする。恋人どころか職さえも失ってしまった私には、鴨川の河川敷に座っている人たちがキラキラと輝いて見えて、無職となった自分自身が余計に情けなくなってしまう。

「はぁ……」

ため息を一つついて、私は河川敷のカップルを尻目に四条《しじょう》大橋を渡りきった。このままっすぐ行けば有名なお茶屋さんや八坂《やさか》神社があるけれど、そちらに行けばここよりさらに観光客で溢れていることは想像に難くない。別に観光がしたいわけじゃない。

私は人の流れから外れると、そのまま左に曲がり鴨川沿いを歩き始めた。

鴨川を見下ろしながら食事ができるようになっている床がある向こう側と違い、こちらは街路樹が立ち並ぶ歩道で、観光客の姿もそう多くはなかった。相変わらず日差しは厳しかったけれど川からの風と街路樹の影が心地いい。

そのまましばらく歩き続けた私は、何の気なしに途中の路地を右に曲がった。そこには京都といわれてイメージするようないわゆる古民家が建ち並んでいた。古美術商や昔ながらの散髪屋さん、そのほかたくさんのお店が並ぶ中にそのお店はあった。

「ここ、何屋さん？」

看板もなければ表札もない。表に貼られた『従業員急募』という紙がなければお店だとすらわからなかったかもしれない。

そのお店はなぜか異質な空気を纏っていた。心がザワザワして、でもなぜか目を離すことができない。いったいどうしてしまったというのだろう。

「うちに何か用か？」

「ひゃっ！」

気が付くと私の隣には誰かの姿があった。慌ててそちらを向くと真っ黒の着物に墨色の羽織を着た背の高い男性が私を見下ろすように立っていた。

それだけなら京都だし、何の違和感も覚えなかったと思う。この辺には少ないけれど清《きよ》水《みず》寺や八坂神社の辺りには観光客向けに着物や浴衣を着付けしてくれるお店はたくさんある。圧倒的に女の人が多いけれど男の人もそういうところで着替える人は少なくない。

でも、目の前に立つ男の人は観光客の風貌とは違っていた。腰まではあるであろう真っ白な髪の毛を後ろで一つに結び、訝しげに目を細めて私を見つめている。観光客が選ばない真っ黒な着物はまるで喪服のようで、でもその姿があまりにも似合っていて恐怖よりも思わず見とれてしまう。

そして纏う空気の静かさに心を惹かれる。冷たい、というより波紋一つない神聖な湖のような空気に心が洗われる。そしてなによりも――その男性のあまりの整った顔立ちに、私は言葉を失った。

「おい」

「あ、あの、その」

「ああ、もしかしてその張り紙を見たのか？」

「え？」

その、という彼の視線の先には、先ほどの『従業員急募』と書かれた張り紙があった。

そういうつもりで見ていたわけじゃない。でも、仕事を探しているのは確かだ。このまま無職の期間が続けばお金もそうだし再就職も難しくなるかもしれない。

ここが何屋さんかはわからないけれど、見た限りそんな変なお店でもないだろう。辺りの並びから考えて古書や古美術なんかを取り扱っているお店か、それとも実は中に飲食できるスペースがある隠れ家的な古民家カフェ？　そういえば今そういうカフェが流行っていると雑誌で見たような気がする。うん、きっとそれだ。カフェなら大学時代にバイトしたことがあるから私にでもできるはず。三ヶ月だけだけど。でも、大丈夫。きっとなんとかなる。たぶん。

「あ、えっと、そ、そうです！」

「ふーん？　じゃあ中に入って」

取り繕うように返事をした私に、その人は特に疑う様子もなく中に入るように促すと私を放って行ってしまう。

慌てて追いかけた私は、その建物の中に入った瞬間、温度が変わるのを感じた。外はあんなにも暑かったのに建物の中はひやりとして心地いい、を通り越して肌寒いぐらいだ。スーツを着ているからそこまでじゃないけれど、半袖だったら鳥肌が立っていたかもしれない。

着物の男性は玄関を上がってすぐの右手側にある襖を開けると中に入った。あとをついていくと部屋にはもう一人、小さな男の子がいた。息子さん、だろうか？　応接間らしき和室の真ん中に置かれた座卓の前に薄緑色の着物を着た十歳ぐらいの男の子が、怒られでもしたのかしょんぼりとした表情を浮かべてちょこんと座っていた。項垂れた男の子は、水色に包まれていた。

子どもなのに私服に着物を着ているなんて不思議だと思いながら、もしかしてと思う。この男の子はきっとあの男性の家族かなにかかもしれない。

ここは京都だし家によっては今も普段着が着物というところもあるのだろう。特にこんな風情ある古民家であれば不思議はない。そしてきっと従業員とは名ばかりで子守がほしいとかそういうことなのだろうか。だとしたら小さな従兄弟たちの面倒をよく見ていたから扱いは慣れている。

「こんにちは」

「え……こ、こんにちは」

ニッコリと笑って挨拶をした私に、その子は一瞬驚いたような表情を浮かべたあと頭を下げる。どうやら怖がっているようだけれど可愛らしい子だ。男の子は私と男性を見比べて戸惑っているようだった。

「……お前、こいつが見えるのか？」

「え？」

「……いや、なんでもない。そうだな、そういうことなら――お前にはこいつの話を聞いてやってほしい」

「この子の、ですか。つまりこれが面接、というか実地試験ってことですか?」

「まあ、そんなところだ」

ほら、やっぱり。大丈夫、ちゃんとこの子に気に入られて仕事をゲットしてみせるんだから。

「わかりました、任せてください!」

座卓を挟んだ向かいに座ると、私はもう一度男の子に笑いかけた。

「私の名前は夏原明日菜《あすな》っていいます。明日菜ちゃんって呼んでくれたら嬉しいな」

「明日菜ちゃん……」

「そう。あなたのお名前は?」

「僕は……みよちゃんは僕のことを純太《じゅんた》って呼んでた」

「純太君ね、よろしく」

みよちゃんが呼んでいた、という言い方が少し気になったけれど、そんな引っかかりはおくびにも出さない。少しでも声色を変えたらクレームに繋がることを、この二年間同僚の姿を見てよーく思い知ったのだから。

笑みを浮かべる私につられたのか、純太君はぎこちなく微笑む。でも、すぐにまたしょんぼりとした表情に戻ってしまう。「どうしたの?」と、尋ねたら今にも泣いてしまいそうな顔だ。どうしたら笑顔になってくれるのだろうか。

「ね、純太君は何をして遊ぶのが好き?」

「え?」

だから私はあえて「どうしたの?」と尋ねず、純太君の好きなことを聞くことにした。人間誰しも好きな物の話をしているときに悲しい表情を浮かべる人はいないはずだ。

「いつもは何をして遊んでるのかなって」

「んー、おままごととかお医者さんごっことか」

「そっか。さっき言ってたみよちゃんと遊んでたの?」

「うん、そうだよ!」

みよちゃん、という名前に純太君はパッとひまわりのような笑顔を向けた。

「僕はみよちゃんと一緒にいつも遊ぶんだ。いつだってずっとずっとみよちゃんと一緒なんだ。ずーっと一緒だよってみよちゃんが言ってたからこれからもずっとずっと一緒にいるんだ」

「そっか、純太君はみよちゃんが大好きなんだね」

「うん。でも最近、みよちゃんが一緒に遊んでくれないんだ」

純太君の表情が暗くなる。いったいどうしたんだろう。

ああ、でも、もしかしたら。私にも覚えがある。小さい頃、仲良くしていた二つ上の近所のお兄ちゃんがいた。毎日のように一緒に遊んで駆け回ってどろんこになって、こんな日がずっと続くんだと思っていた。でも、大きくなるにつれ年下の女の子と遊ぶのが恥ずかしくなったのか、次第にお兄ちゃんは私と遊んではくれなくなった。そうこうしているうちに私にも学校で友達ができ、気づけば一緒に遊ぶことはなくなっていった。

もしかしたらみよちゃんにも他に仲のいいお友達ができて純太君と遊ぶことがなくなっていったのかもしれない。でも私は知っている。置いていかれた方の悲しさを。

「みよちゃんは僕のこと、嫌いになっちゃったのかな」

今にも泣き出しそうな顔で純太君は言う。その想いに胸がギュッと締め付けられるように苦しくなる。

「そんなことないよ！」

「え？」

「そりゃ、大きくなるにつれ恥ずかしかったり照れくさかったりと異性の友達と遊べなくなることはあるけど、でもそれは心の成長であって嫌いになったわけじゃないよ。きっとみよちゃんだって今も純太君のこと大好きだと思うよ！」

「……ホントに？」

「ホントだよ！　明日菜ちゃんが断言する！」

ホントはみよちゃんの気持ちなんて私にはわからない。もしかしたらみよちゃんの中で何かがあって純太君と一緒にいたくなくなったのかもしれない。もう遊べなくなったのかもしれない。でも、そんなことを今この場で純太君に伝える必要なんて、ない。それはきっと彼が大人になるときに自然と気づくことだと思うから。

「そっか。今でもみよちゃんが僕のことを好きだって、そう思ってくれてるってだけで『ここ』が温かくなる」

純太君は手のひらで自分の胸を押さえると、嬉しそうに微笑んだ。

「……ありがと、明日菜ちゃん」

そして――純太君は私の前から姿を消した。


「え……ええっ!?」

慌てて立ち上がった私の目に映ったのは、さっきまで純太君が座っていた場所に転がっている小さな犬のぬいぐるみ一匹で……。

「どういう、こと……?」

「なんだ、やっぱり気づいてなかったのか」

「え?」

理解が追いつかない私を尻目に、いつの間にか目の前に立っていたあの着物姿の男性が片手で犬のぬいぐるみを掴んだ。

「あんたがさっきから喋ってた子ども、これだよ」

「これって……ぬいぐるみですよね？　何言ってるんですか、純太君は人間ですよ」

「あーめんどくせえな。だから、それはあんたにそう見えてただけで、本当はこいつなんだよ。つーか、そんなこともわかんねえやつがどうしてあの姿が見えてんだよ」

「な、何を言ってるのか全くわかんないんですけど!?」

目の前のこの人はいったい何を言ってるんだろう。あれか？　あれですか？　イケメンすぎて常人の私には理解できないとかそういうことですか？　だってどう見てもこの人が持っているのは犬のぬいぐるみで先ほどまでの純太君の姿とは似ても似つかない。こんなの子どもだって信じない。

「大事にされてきた人形には魂が宿るって聞いたことねえか？」

「あります、けど……」

付喪神《つくもがみ》、というのだろうか。長年大切にされてきた物に魂が宿るという話は聞いたことがある。有名なところでは傘に魂が宿った唐傘お化けなんかがある。

「純太はきっと〝みよちゃん〟に大事に大事にされてきたんだろうな。長い年月ずっとみよちゃんと一緒にいて次第に純太の中に魂が宿るようになった。話しかけてくれるみよちゃんに返事をして、まるで自分も人間のように勘違いし始めたのかもしれない」

「そんな……」

普段なら、背中がゾクッとする類いの話を聞いているはずなのに、先ほどまでの純太君のことを思い出すと胸の奥が痛くなる。だって純太君は言ってた。『最近みよちゃんが遊んでくれないんだ』って。大きくになるにつれ子どもの頃に遊んでいた人形やおもちゃと遊ばなくなるのはよくあることだ。

……私たちにとってはよくあること。でも、純太君にとってはそうじゃない。ずっと一緒にいたみよちゃんに捨てられたようなそんな気持ちになったのかもしれない。

「悲しいですね。純太君はずっと一緒にいたかっただけなのに」

「想いが強くなりすぎるとそうも言ってらんねえけどな」

「どういうことですか？」

そういえば純太君は、このぬいぐるみはどうしてここにあるのだろう？　みよちゃんのぬいぐるみのはずなのに。そもそもこの人は誰でいったいここは何屋さんなのだろう。今更な疑問が頭を過る。

「……あれは、悪霊になる寸前だった。いや、もう半分堕ちかけてた」

「悪霊？　でも、純太君はあんなに可愛くて……」

「みよちゃんへの想いが大きくなりすぎて持ち主から捨てられても何度も何度も家に帰ってきてたんだ」

「え？」

その言葉に、背中に冷や水をかけられたようなそんな感覚が走った。

「人にあげても燃えるゴミに出しても違う街のゴミ箱に捨てても、何度も何度もだ。みよちゃんに会いたい一心、といえば聞こえはいいが、執着して粘着して、持ち主が怖がろうが気味悪がろうが何度も何度も戻っていったんだ」

「それ、は」

ちょっと、いやかなり怖いかもしれない。

「最終的に魂抜きに出されて、俺のところにやってきたってわけだ」

「あの、今更なんですがここって何屋さんなんですか？　それに魂抜きって？」

私の疑問に、目の前の男性は呆れたような表情を浮かべて、それからため息をついた。

「ここは送魂屋。人形や物に残る魂をあの世に送るための場所だ」

「そうこん屋」

「魂を送ると書いて送魂」

いまいち漢字のイメージがつかめなかった私に、目の前の男性は苦虫をかみつぶしたような表情で説明してくれる。送魂。送魂屋。読んで字のごとく魂を送る仕事ということらしい。普段ならそんなことを言われても信じられなかったし、あの世なんてあるわけないじゃないですか。人間は死んだら燃やされて骨になってお墓に入るんですよって笑い飛ばしてしまったかもしれない。でも、先ほどの純太君が消える姿を見たあとではそんな軽口はたたけなかった。

「じゃあ、純太君はあの世に行ったんですか？」

「ああ。向こうでみよちゃんに会えただろうよ」

そっか、みよちゃんはもう亡くなってたんだ。

大好きなみよちゃんが死んでしまったことも知らず、ずっと待ち続けた純太君の気持ちを思うと胸が痛くなる。向こうでみよちゃんに再会できてまた一緒に遊べているといいな。

「と、いうことでだ。お前、ここで働く気はあるか？」

「あります！」

「仕事内容を聞かずに返事をするってどれだけ困ってるんだ」

「え、聞きます？　聞きたいです？　話せば長くなりますしあまりいい気分にはならないと思いますが」

「やめとくわ」

ちょっと聞いてほしい気持ちもあったのに、私の言葉を即切り捨てると、目の前の男性は純太君のぬいぐるみを差し出した。

「んじゃ、最初の仕事だ。これを廊下の一番奥の部屋に突っ込んでおけ」

「わかりました。あ、そうだ。あなたの名前教えてください」

「お前、名前も知らないやつの家に入るってどんな神経してるんだ」

「だ、だってあのときは仕事がもらえると思って焦ってて」

「変な仕事を押しつけるやつもいるから気をつけた方がいいぞ。まあ、うちの仕事が変じゃないかと言われたらなんとも言えないがな」

くっと喉を震わせて笑うと、その人は私の方に向き直った。

「俺は柘植《つげ》悠真《ゆうしん》。ここの店主だ」

「私は――」

「明日菜、だろ」

「どうして」

名前を言い当てられてドキッとする。どうして私の名前を知っているんだろう。まさか、人形の魂が見えるだけじゃなくて人の心も読めるのだろうか？　だとしたら、今こんなふうに思っていることもバレているということで。なんならあまりのかっこよさに言葉を失ったことすらバレて――。

「お前の名前はさっき純太に言ってるのを聞いたからな」

「なんだぁ」

「だから霊が見えるから心も読めるんじゃあ、とか余計な心配はしなくていい」

「ど、どうして考えてることがわかったんですか!?」

「心を読めなくても、それだけ顔に出てたらわかるわ」

呆れたように言われ、慌てて両手で頬を覆う。そんなにわかりやすかっただろうか。そりゃ大学の頃から感情が顔に出るとか何を考えてるかバレバレだとか言われてきたけど、長い間一緒にいたらわかることもあるし口に出さなくても伝わることもあるからそういうことだと思ってたのに、こんな初対面の人にまで言われるなんて。

　これからなるべく顔に出さないようにしよう、どうしたらいいかわからないけどとにかく無表情でいれば……。

「無表情でいたってわかるぞ」

「だからどうして心を読むんですか！」

「読んでないって言ってるだろ」

「でも……」

「――うるさいわねぇ」

　柘植さんの言葉に、文句を言う私をどこからか咎める誰かの声が聞こえた。男性、なのだろうか。低い男の人の声に聞こえたけれど、口調はどこか女性のようで……。

　トコトコと廊下を歩くような音が聞こえるところを見ると、部屋の外にいる誰かはこの部屋に向かって歩いてきているようだった。

　入ってきたときは気づかなかったけれどこのお店にはもう一人店員がいるのだろうか？

　そんなことを考えていると、襖がパシッと開いた。

「あんたたち騒ぎすぎよ。眠れないじゃない」

「……え？」

襖は開いた。誰かの声はする。でも、そこには誰もいなかった。

もしかして、また霊……？

「あ、な、え、」

「何、変な声出してんだ」

「そうよぉ。と、いうかあなただあれ？」

「つ、柘植さん。この声、聞こえてますよね？　聞こえてるの私だけじゃないですよね？」

「何、言ってんだ」

眉間に皺を寄せる柘植さんに思わずすがりつく。

「だ、だって声はするけど人の姿は見えなくて。だ、だからこれってもしかしてまた霊とかそういう」

「ああ、そういうことか。お前、視線を落とせ。足下を見ろ。足下を」

「足下？　足下って、え？」

言われた通り視線を落とす。するとそこには、ピンと尻尾を立てた真っ白の毛並みの猫がいた。

「ね、こ？」

「失礼しちゃう。あたしには詩《うた》っていう名前があるのよぉ」

「詩、さん」

「そう」

ふふん、とでも笑っているかのように柘植さんの足に尻尾を絡ませながら詩さんは言う。もう何が何だかわからなかった。でも、人形に魂が宿るぐらいだもん。喋る猫がいたって不思議じゃない、のかもしれない。多分。

「邪魔だ、絡みつくな」

「酷いわね。で、この子なに？　あんたの彼女？」

「猫鍋にされたいのか」

「動画撮るならお金取るわよ」

「新しい従業員だ」

「へえ」

柘植さんの言葉に、詩さんはニヤッと笑った、気がした。

「あたしがいるのにこんなちんちくりんを雇うの？」

「背に腹は代えられねえ」

「ふうん？　仕方ないわね。ちょっと小娘」

尻尾を揺らしながらとことこと歩いてきたかと思うと、詩さんは前足を差し出した。

――差し出したというよりは雰囲気的にはきっとバンッとかそういう効果音つきで突きつけられた感じがする。けれど、見た目は可愛い白い猫なのでそんな迫力はない。

と、いうか今聞き捨てならないことを言われた気がする。

「なっ、小娘って私のことですか？　私には明日菜っていう名前が！」

「明日菜、ね。たいそうな名前だこと。いい、明日菜。ここではあたしが先輩なんだから。あたしの言うことをちゃんと聞きなさい」

「はい！」

「いい子ね」

猫にいい子と言われることに違和感を覚えるけれど、そこは染みついた社畜魂。年下の先輩だっていたんだから猫の先輩がいたっていいじゃない。

でもそんな私たちの会話を、柘植さんは頭が痛そうに見ていた。

「どうかしたんですか？」

「お前、環境の変化に溶け込みやすいって言われたことは？」

「どうしてわかるんですか？　基本、バイト始めたときは三日目ぐらいで『前からここで働いてたっけ？』と、言われます」

おかげで新しいところで働くのに苦はない。ただ仲がよくなりすぎるとそれはそれでもめ事が起きることもあって。思い出すと頭が痛いことは一つや二つではなかった。

でも、ここではそんなことは起きないだろう。だって一緒に働くのは店主である柘植さんと猫の詩さんだけだ。同い年の子がいなければ平和だと思う。多分。

まあ、そんな私の懸念は置いておいて。私の返答に柘植さんは納得したような、何か思うところがあるような顔で頷いた。

「ああ、うん。そうか……。つまりコミュニケーションお化けなんだな」

「え？」

「いや、なんでもない。とりあえず三ヶ月試用期間。その後、問題なければ社員に格上げ。それでどうだ」

「はい！　問題ないです！　よろしくお願いします！」

頭を下げながら私は心の中でガッツポーズを取る。仕事はクビになったけれど、空白期間なく次の仕事を見つけることができた。これで当面は安心だ。もしもここをクビになったとしても解雇予告手当が出るからなんとかなる。クビにならなければそのお金は貯金に回せばいいし。

幸先がいい、と言うと語弊があるかもしれないけれど捨てる神あれば拾う神あり。なんとかなりそうなこれからにホッとして、これから始まる新しい仕事に期待とそれから少しだけ不安を覚えながらも、新しい一歩が踏み出せたことに安堵のため息を吐いた。

第二章　黒みつ団子と青い瞳のフランス人形

その日は結局、契約条件やお給料、勤務時間などを確認して書類をもらって終わった。前職について少し話したあと、「何か仕事はないですか」と尋ねたけれど、純太君の後処理があるからと帰されてしまった。

それならば、とお昼に近かったけれど、きなこアイスのお店に行って噂のきなこのアイスを食べることにした。

平日にもかかわらず、お店の外にまで人が並んでいたけれど、それでも休日よりはマシだろう。三十分ほどで私の順番が来て、無事アイスクリームを食べることができた。

ちなみに私はプレーンのきなこと黒ごまを頼んだのだけれど、どちらも味が濃厚でとても美味しかった。これを食べたらカップのアイスは食べられないかもしれない。や、食べるけど。あれはあれで美味しいんだけど。

「すっごく美味しかったです！　また来ます！」

帰りに鼻息荒く言う私にお会計をしてくれたお姉さんはパンフレットを手渡してくれた。

苦笑いを浮かべていた気がするのは気のせいだと思っていよう。

何はともあれパンフレットを持って京都河原町駅まで戻る。

そしてふと思いついて、駅直結の高島屋《たかしまや》内にある本屋さんへと向かった。せっかく京都で仕事をするのだ。どうせならいろんな美味しいお店を巡りたい。お昼ご飯は今までお弁当だったけれど、これを機に外で食べるのもありかもしれない。

京都の美味しいご飯が載っている雑誌と同じく京都の甘味処特集が載っている雑誌を買うと、私は茨木市駅までの切符を買ってマンションへと戻った。

翌日、就業時間は九時からということだったので、それよりも三十分ほど早く京都河原町駅へと着いた。そういえば、私が大学生の頃はたしかここの駅名はただの河原町駅だったはずだ。訪日観光客への配慮からか、いくつかの駅名が変わったときに京都河原町駅と名前が変わったらしい。

そんなことを考えながら改札を出て、昨日通った道を歩く。通勤時間というには少し遅く、けれど観光客が来るには少し早い。そんな時間だからか、いつもは人で溢れている四条大橋も、今日はまばらに歩いている人がいるだけだった。

それにしても、本当に大丈夫なのだろうか。

私は昨日のことを思い出しながら、小さくため息を吐いた。

鞄の中には、念のため昨日もらった書類が入っている。疑うわけではないけれど、冷静になってみると怪しさしかないあのお店に改めて行って『そんな契約していません』なんて言われたらたまらない。狸ならぬ猫に化かされないとも限らない。

それでも今日あのお店に向かうのは、契約をした以上私はあの店の従業員で、社員で、雇われた人間だから。これでももし私が行かずに無断欠勤なんてことになったらと思うと、化かされてでも出勤した方がいいとそう思ってしまったのだ。

古民家が並ぶ道のりを歩くと、当たり前だけれど昨日と同じ場所にお店はあった。昨日は気づかなかったけれど、お店には小さな看板が掲げてあった。

——送魂屋　無幻堂《むげんどう》——

なんて怪しい名前だろう。昨日の時点でこれを見てたら中に入らなかったかもしれない。

……いや、そんなことはないか。昨日のあの状態で仕事をくれると言われたらよほど危ないお店じゃない限り入っていっただろう。

それに、目つきは悪いし口も悪かったけれど、柘植さんからは危険な雰囲気はしなかった。それどころか静謐な空気さえ漂って見えた。

空気を読む、という言葉を今の時代よく使うけれど、私はこの『空気を読む』ことが得意だった。読む、というよりは感じる、と言った方が正しいけれど。

目の前にいる人がどういう感情でいるのかが色でわかる。楽しければ橙色、悲しければ水色、不機嫌なら黒に近い赤、不安や恐怖に駆られていれば真っ黒といった具合に、その人の気持ちが薄らと色づいているように感じるのだ。

　この色は直接見えなくても感じることができる。だから人の気持ちを察するのは得意なんだけれど、それが前職では仇となった形になった。でも仕方ないじゃない。電話の向こうから困ったな、このあと用事があるんだけどな、これじゃなくてよその商品の方がいい、なんて思われたら、それ以上進めることなんてできない。

　だから昨日、柘植さんを初めて見たときは驚いた。柘植さんの感情には色がない。正しくは透明に近い白。神聖で純粋で、でもどこか無を感じさせる色。あんな色に出会ったのは初めてだった。

　ああいう仕事を生業としていたらそんなものなのかもしれない。でも、今まで会ったことのあるお坊さんや巫女さんはピンク色だったり紫色だったりと俗世にまみれた色を感じたことも多かったから余計に驚いた。

　驚いたといえば、あの真っ白な髪の毛にも、だ。あれは地毛なのだろうか。それとも染めている？　もしくは、白髪になるようなことが何か——。

「おい」

「ひゃうっ」

　お店の前で立ち止まったまま考え込んでいた私に、突然目の前に現れた柘植さんが声をかけた。柘植さんは今日も昨日と同じく、真っ黒の着物に昨日より少し薄い灰色の羽織を着ていた。

「お、おはようございます」

「おはようございます、じゃねえ。今何時だと思ってるんだ」

「え？　今って――あっ」

考え込んでいるうちに思ったよりも時間が経っていたようだ。左腕につけた腕時計を見ると、九時を五分ほど過ぎてしまっていた。

「さっそく遅刻か」

「すみません！」

「働く気がないなら帰ってもらってもいいぞ。昨日の書類は置いてな」

「働きます、働かせてください。もう二度と遅刻なんてしませんから」

「……今日だけだからな」

許してもらえたことにホッとして、お店の中に入っていく柘植さんのあとを慌てて追いかける。

それにしても、口では厳しいことを言っているし怒っているはずなのに、やっぱり柘植さんから感じられる色は驚くほどに白い。どういう育ち方をしたら、こんなに心穏やかにいられるのか教えてほしいほどだ。

「あら、明日菜。やっと来たのね」

「詩さん、おはようございます」

玄関で靴を脱いでいると、奥からあくびをしながら詩さんがやってくるのが見えた。今日も毛並みはつやつやで、真っ白な身体には汚れ一つなかった。

「おはよう。あんたね、さっさと来ないから悠真が心配してたのよお。どこかで事故にでもあったんじゃないかって」

「え？」

「おい、余計なことを言うな」

奥の部屋から顔を出した柘植さんは詩さんを睨みつける。けれど、詩さんは何でもないように、ふふんと笑った。

「何よ、本当のことでしょう？　あたしが今の若い子だから面倒になったんじゃない？って言ったら『そういうやつには見えなかった』って言ってたじゃない」

「柘植さん！」

「そいつの聞き間違えだ」

ぶっきらぼうに言うと、柘植さんは奥の部屋に引っ込んでしまう。

でも、さっきまで真っ白だった柘植さんの感情に、ほんの少しだけピンク色が混じっているのを感じて嬉しくなる。

「ピンク。……もしかして照れてる？」

「あら、よくわかったわね」

「なんか感情が乱れたのを感じて」

「へえ？　おもしろいこと言うじゃない。さっきのピンクっていうのは？」

思わず呟いてしまったことを聞かれたらしい。今までこの話をして信じてくれた人はいないからどうせ、と思ったけれど喋る猫の詩さんならもしかして、そう思って上がり框《かまち》に腰を下ろすと詩さんが隣にちょこんと座った。

「感情の色が見えるんです。柘植さんは昨日もさっき会ったときも真っ白だったのに、詩さんの話を聞いた瞬間に薄らとピンク色が混じって。だからもしかしてって思ったんです。ピンクは幸福や愛情だけでなく、照れや恥じらいを表す色でもあるから」

「へぇ、あんた面白いこと言うじゃない。感情が色で見える、ね。昨日の一件も、その能力のおかげ？」

「純太君ですか？　おかげ、というかまあでもそんな感じです。不安がってるのとか怖がってるのがわかったんで、なるべく恐怖心を取り除いてあげたいってそう思って。私に対して不信感とか不安を抱いていると素直に話すこともできないと思ったんです」

「あんた凄いわね。悠真、いい拾いものをしたわね」

振り返りながら言う詩さんにつられてそちらを向くと、腕組みをしたまま柱にもたれかかりこちらをジッと見つめる柘植さんの姿があった。

先ほど見えたピンクが混じった感情はもうどこにもなく、どこかホッとした。柘植さんの発するこの真っ白な感情は心地いい。できれば他の色など混じることなくずっとこのままでいてほしいとさえ思ってしまう。

「いい拾いものかどうかがわかるのはこれからだろ。詩、奥の部屋にいくつか人形を置いてある。頼んだぞ。おい、明日菜」

「は、はい」

「お前は俺と来い」

「どこに行くんですか？」

「賀茂御祖《かもみおや》神社近く」

「かもみ……なんですか？」

「賀茂御祖神社。通称、下鴨《しもがも》神社」

聞き慣れない名前に首をかしげると、有名な神社の名前を柘植さんは口にした。

下鴨神社なら知っている。パワースポットとしても有名だし、銀閣寺《ぎんかくじ》や平安神宮《へいあんじんぐう》、それに京都市動物園も近かったはずだ。

「と、いうことは左京《さきょう》区の辺りですよね」

「よく知ってるな」

「これぐらい常識ですよ」

得意げに言う私に、柘植さんは細めた目をこちらに向けた。

「どうせ昨日の帰りにでも京都の観光ブックを買って調べてたんだろ。仕事帰りに寄れるところはないかな、とか言って」

「どうしてわかったんですか!?」

「本当に単純なやつ」

また顔に書いてあったとでも言うのだろうか。頬に手を当てると呆れたようにため息を吐いた。

「これ持て。行くぞ」

「あ、待ってください」

リュックサックを押しつけ草履を履くと、柘植さんは私を置いてお店を出ていく。せっかく脱いだ靴をもう一度履くと、私は渡されたリュックサックを背負い、詩さんの方を振り返った。

「それじゃあ行ってきます」

「行ってらっしゃい」

フリフリと尻尾を振ると、詩さんは奥の部屋へと歩いていく。

戸締まりはいいのだろうか、と少し心配になったけれど気づけば柘植さんはどんどん先に歩いていってしまっていたので、そのあとを急いで追いかけた。

「ま、待ってください」

「遅い」

「あの、下鴨神社までどうやって行くんですか？」

ここから下鴨神社までは歩くには少し距離がある。

「バスだ。四条河原町《しじょうかわらまち》の乗り場からバスに乗る」

その言葉通り、柘植さんは京都河原町駅へと向かって歩いていく。その隣を歩きながら、視線を感じた。

通勤時間にはいなかった観光客で溢れている四条大橋を歩く柘植さんの姿はとても目立っていた。華やかな色の着物を着て歩く人は多いけれど、真っ黒のまるで喪服のような着物は目立つ。けれど、集める視線が決して嫌な雰囲気のものではないのはきっと柘植さんの風貌があまりにもその色と似合っているからだろう。

「何してる」

「あ、はい」

ボケッと見つめていた私を柘植さんは不審そうに振り返る。慌てて隣に並ぶと、私たちは四条大橋を渡り、すぐ近くのバス停からバスに乗り込んだ。

バスは十五分ほどで下鴨神社前に着いた。

が、バスの窓から見ているときから不思議に思っていたけれど、バス停に降り立っても神社が見えない。下鴨神社といえば、あの朱色の立派な楼門。でもそんなものはどこにもない。下鴨神社という名前の別の場所に連れてこられたんじゃないかと疑うぐらいだ。

「あの、柘植さん。聞いてもいいですか？」

「ここをまっすぐ行って右折。しばらくすると、お前が想像している賀茂御祖神社の朱色の楼門が見えてくる」

「どうしてわかったんですか⁉」

「……依頼主の家は、賀茂御祖神社に行くために右折するところを左折してしばらく歩いたところにあるそうだ」

私の問いかけを『お前の顔に書いてあるんだよ』とでも言いたげな表情で片付けると、柘植さんは歩きながら今回の依頼主の話を始めた。

そうか、お仕事でここに来たんだ。と、ようやく気づいたことは黙っておこう。これ以上呆れられても仕事に支障が出そうだ。と、いうか言わなくてもバレてそうだけれど。

「実は今回の依頼は少し前に受けたものなんだ」

「え？」

でも、柘植さんはそんな私のことなんてこれっぽっちも気にしていないような声のトーンで話し出す。真っ白な柘植さんの感情にほんの少し困惑の色が混じる。

「一週間ほど前、うちに送られてきたフランス人形があった。お前が最初に会ったのは犬のぬいぐるみだったが、本来は人型の方が多い。何故かわかるか？」

「えーっと、人型の方が魂が宿りやすいから、ですか？」

「概ね正解だ。人間も人型の方が接するときに人形ではなく人として、例えば友達や兄弟として接しやすいんだろうな。人形も人のように扱われると自然と魂が宿りやすくなる」

たしかに、私が子どもの頃も動物のぬいぐるみよりは人型の人形の方が名前をつけて可愛がったり一緒にお風呂に入ったりとまるで人のように扱った気がする。それに人型の人形はもともと名前がついていたり、家族がいたりとまるで本当にそういう子がいるような気にさせるものも少なくない。

長い間、そうやって接するうちに気づけばその中に魂が宿っている。それは微笑ましいようで、恐ろしい気もする。

「そのフランス人形も大切にされた結果、魂が宿った。一人で動くし涙も流す。耐えきれずに俺のところに送られてきたんだが」

「何かあったんですか？」

「帰ったんだ」

「帰った？」

「元の場所に、一人で」

言われたことの意味が理解できたのはたっぷり三十秒は経ってからだった。

一人で帰った。元の場所に。フランス人形が。

背筋に悪寒が走るのを感じた。

「そ、そんなことって」

「まあなくはない。想いが強すぎるとこうなる。それだけ大事にされてたんだろうな」

柘植さんの言葉に、フランス人形の気持ちに思いを馳せる。ずっと大切にされていて、まるで家族のように扱われていたのに、ある日突然化け物のように思われる。それがどんなに悲しくて苦しいか。

「可哀想ですね」

「まあ、とはいえ今の持ち主にとってみたらただの恐怖の人形でしかないだろうけどな」

「今の持ち主ってことは、元々の持ち主の人は」

「亡くなったそうだ。遺産相続で父親がもらった家に息子夫婦が引っ越してきたんだが、そこにまるで自分はここの主だとでも言うかのようにいたらしい。ああ、ここだ」

柘植さんが立ち止まったのは、一軒の住宅の前だった。カフェなどに使われているような感じの小綺麗な古民家ではなく、広い庭に大きな柱、まるで本の中にタイムスリップしたような外観だった。表札には『中村《なかむら》』と書かれていた。

「ごめんください」

門の横にあるチャイムを鳴らすと、中から若い女の人が出てきた。この人が依頼主だろうか。ここは息子さん夫婦が継いだと柘植さんは言っていた。と、いうことは奥さんなのかもしれない。

「ああ、ようこそいらっしゃいました」

「このたびは私の不手際で申し訳ございません」

「いえいえ。こちらこそ遠いところを来て頂いて。とにかく、お上がりください」

促されるまま私たちは家に入った。女の人は口ぶりとは反対に、感情は黒く濁っていた。怒っているというよりは恐れている。ううん、怯えていると言った方が正しそうだ。お祓いに出したはずの人形が帰ってきたら、そりゃあ怖いだろう。

「それで、あれは今どこに」

「元の部屋に一人でおります」

「案内して頂けますか」

頷くと女性は歩き出す。そして二階の一番奥の部屋の前で立ち止まった。

「ここです」

「わかりました。それでは、ここから先は我々だけで」

女性は私の方を訝しげに見たあと、柘植さんに頭を下げて階段を下りていく。

女性の足音が完全に聞こえなくなってから柘植さんは目の前の襖を開けた。

中は十畳ほどの横長の部屋だった。以前の持ち主の物だろうか、本や鞄が部屋の隅に置かれていた。

そして――問題の人形は部屋の真ん中に座っていた。

白いフリルのついたピンクのワンピース、クルクル巻かれた金色の髪の毛、青い瞳。それは紛れもないフランス人形だった。

「あら、あなたたちだあれ？」

人形は当たり前のように喋ると、立ち上がってこちらを見た。

その人形は悲しみに染まった感情を全身に纏っていた。

「柘植さん、あの子が」

「ああ、そうだ」

人の形を模していた純太君とは違い、完全に人形が手足を、口を動かしている。どういう違いがあるのか私にはわからない。でも、柘植さんと詩さんの目を掻い潜ってここに戻ってきたこの子の未練が大きいことだけはわかった。未練だけじゃない。私たちに対する警戒心も純太君のときとは比べものにならないぐらい強い。

こんなの、いったいどうするというのだろう。

「柘植さん……」

「黙ってろ。――おい」

「何よ、あなたたち。私の質問に答えなさいよ。あなたたちは誰？」

「俺たちは、お前の魂を送るために来た」

「何、それ」

その瞬間、フランス人形の纏う雰囲気が怒りに染まったのを感じた。

部屋の空気が冷たくなる。頬に感じる冷気は、まるであちら側がドア一枚隔てたこちらとは全く違う空間かと錯覚するぐらい。

そしてその怒りはまっすぐにこちらへとぶつけられた。

「ふざけないで！」

バンッと音を立てて、目の前で勢いよく襖が閉まる。とりつく島もない様子に、柘植さんはため息を吐いた。

さて、どうしたものか。そう思ったのは私たちだけではないようで、襖の閉まる音に驚いたのか、階段下から依頼主が不安そうに顔を出すのが見えた。

「えらい大きい音がしましたけど」

「あっ、え、えっと大丈夫です。お気になさらないでください」

不機嫌さを隠すことなく無言で立つ柘植さんの代わりに私が返事をする。テレオペで培った人当たりの良さそうな声で言うと、依頼主はまだどこか不安そうに、それでも幾分かホッとした様子で部屋に戻っていった。

「……どうするんですか？」

「方法は二つ。なんとかして中に入ってあいつを説得して送る」

「もう一つは？」

「無理やり送る」

「ちなみに無理やりだとどんな感じになるんでしょうか？」

怖い物見たさで聞いた私に、柘植さんは無表情のまま答えた。

「無理やりお焚き上げをする」

「お焚き上げ？」

「簡単に言うと、燃やす」

「燃やす……」

それは、つまりあの動いて喋ってる子を、火の中に入れて燃やすということだろうか。

「……わ、私！　説得したいです！」

「は？」

「ほら、女の子同士だし！　通じるものもあるかもしれないじゃないですか！」

「見た目が女の子の人形なだけで性別があるわけじゃないぞ」

「そ、それはそうかもしれませんが」

言い返せなくなって黙り込んでしまう私に、柘植さんは何かを考えるような表情を浮かべたあと頷いた。

「まあいい。んじゃ、やってみろ」

「はい！」

「昨日のがまぐれじゃないか見ててやるよ」

その口調に、どこか期待されているような、それでいて試されているような気分になる。まるでまだ入社試験が続いているような。

でも、その通りなのかもしれない。今、私は試用期間で。役に立たないとなればクビにされる。この期間に、私がこの仕事に向いているってことを示さなきゃ。そうじゃなきゃまた……。

「頑張ります！」

勢いよく返事をして襖に向き直る。まずはどうにかして中に入らなくちゃいけない。

恐る恐る襖に手をかけると、意外にもすんなりと開いた。

「し、失礼します」

「……何。あなたもさっきの男みたいに私を送りに来たっていうの？」

警戒しているような口調に、まずは心を開いてもらわなければと私は咳払いをする。少し落ち着いた口調で、それでもって安心してもらえるような柔らかい声で。

これはクレームの電話がかかってきたときにやっていた私なりの対処方法だった。相手がこちらに対して怒っていたり不満を感じていたりするときは、とにかく落ち着いてもらう。深呼吸一つしてもらえたら儲けものだけれど、なかなかそれは難しいからとにかくゆっくりゆっくり話す。すると、相手もつられて気づけば呼吸が深くなっていたりするのだ。

「ううん、違うよ。私はあなたと話がしたくて」

「話？」

私の言葉に反応する。瞬間、纏う気配がほんの少しだけ揺らいだ。想像もしてなかった言葉に、興味がわいたのかもしれない。

今がチャンスだ。

「そう。ね、中に入ってもいいかな？」

「……いいわよ」

まだ口調は硬い。でも、部屋に入ることを拒絶されなかったから少しは受け入れてくれたんだと思う。

一歩、また一歩と人形に近づく。あと少し伸ばせば手が届く、というところまで来たとき、急に人形の感情が真っ赤に染まった。

今はここまでだ。

これ以上先は、彼女の中でまだ私に対しては踏み込ませることができない領域なのだと、そう判断して私は足を止めた。

「私の名前は夏原明日菜。あなたは？」

「……おじいさまは私をロアンって呼んでたわ」

「そっか、私もロアンって呼んでもいいかな？」

「……お好きにどうぞ」

言葉は冷たいけれど、その口調は思ったよりもキツくなかった。もしかしたらおじいさまのことを思い出しているのかもしれない。

でも、おじいさまというのは誰のことだろう。もしかして、この人形の持ち主のこと？

「ありがとう。じゃあ、ロアンって呼ばせてもらうね。ね、ロアン。あなたに名前をくれたおじいさまって誰のこと？」

「おじいさまは――バスチャンは私を作ってくれたの」

「バスチャン、さん？」

聞き慣れない名前に首をかしげる。ここの家の人は中村さんのはずだ。父親からこの家を継いだと言っていたから、もしかしたらその父親が外国の人という可能性もあるけれど……。

柘植さんを振り返ると、私が言いたいことがわかったのか首を振っていた。と、いうことはきっとここの家の持ち主だった人のことではないのだ。なら、バスチャンさんというのは？

「あなた変わってるわね。今まで誰も私の話なんて聞きたいなんて言わなかったわ。でも、いいわ。教えてあげる。特別よ？　おじいさまはね、私のことをずっと大事にしてくれてたの。可愛いって言ってくれてまるで本当の娘のように愛しんでくれたわ」

そんな私の疑問なんて気にもならないように、目の前の人形——ロアンはバスチャンさんの話をする。心なしか嬉しそうに見えるのは、もしかしたらこんなふうにバスチャンさんの話を誰かにしたかったのかもしれない。

「バスチャンは他の子たちみたいに私を売りに出すことはなかったわ。海の見える家でいつだって私たちは一緒だったのよ」

海の見える、家？　私はロアンの言葉に引っかかりを覚えた。

おかしい、ここは京都だ。そりゃあ北部の方まで行けば海に面しているからそういうこともあるかもしれない。けれどここは京都府京都市、周りを他の市に囲まれた内陸の地だ。川はあっても海なんてあるわけがない。

「ね、ねえロアン。聞いてもいい？」

「……なあに？」

バスチャンさんとの思い出を語っている最中に私に横槍を入れられてロアンの周りに一瞬、不機嫌な雰囲気が漂う。

「うっ」

その雰囲気に怯みそうになる。「なんでもないです」と、間髪を容《い》れず言ってしまいそうになる。だってきっとロアンはおじいさまの話をもっと聞いてほしいと思うから。今まで誰にも話せなかったおじいさまの話だ。こんなにも嬉しそうに語っているのを邪魔して不機嫌になってしまったら……。

「あ……」

そこまで考えて、私はテレオペ中に電話の向こうでお客様が不機嫌になったときのことを思い出した。空気を読んで、といえば聞こえはいいけれどお客様の嫌がることをなるべく言わないようにしていた。でも、それはお客様のためじゃない。私自身がお客様から罵倒されたり小言を言われたりしたくなかったからだ。

これじゃあ……今までと一緒だ。

私は深呼吸をすると、ロアンに向き直った。

「教えてほしいんだけど、おじいさまと一緒にいた海の見える家っていうのはここととは別のところなの？」

私の問いかけに――ロアンの怒りの感情が大きく膨らむのがわかった。

「当たり前じゃない！」

棘のようにぶつけられる感情に怯みそうになる。でも、ここで逃げていては今までとなんにも変わらない。

「そっか。ちなみにどこにいたかわかる？」

「フランスに決まってるでしょ！」

「フランス!?」

や、たしかにどう見てもロアンはフランス人形なんだけど。でも、そっか。だから海が見える家って言ってたんだ。

でもフランスで作ってくれたバスチャンさんと暮らしていたはずのロアンがどうして日本の、それも京都に？　不思議に思っていると呆れたような口調でロアンは言う。

「今、どうしてフランスにいたはずの私が、こんなところに？　って思ってるでしょ」

「ど、どうして」

「顔に書いてあるわよ」

まさか人形に宿った魂にまで考えていることを当てられてしまうなんて。そんなにわかりやすいのだろうか。

落ち込む私を余所にロアンは話を続けた。

「私はね、ここでおじいさまが迎えに来てくれるのを待ってるの。フランスにいた私のことを連れ去った男から取り戻しにきてくれるのを、ずっとずっと待ってるの」

「連れ去った？」

「そうよ！　おじいさまのお店に押し入って、それで！」

当時を思い出したのか、ロアンの感情が高ぶっていくのがわかる。

悲しみが、悔しさが膨れ上がっていく。

「必ず取り戻しに行くから」って、おじいさまはそう言ったんだから！　だから私はここでおじいさまを待っているの！　どれだけ時間が経ったとしても必ずおじいさまは迎えに来てくれるわ！　だって約束したんだから！」

感情の波が溢れ出てくる。怒り、憎しみ、そして悲しみ。

高飛車な物言いとは裏腹に、心の奥底から湧き出る悲しみに胸が痛くなる。

「なん、であなたが泣いてるのよ」

「え？」

ロアンに言われ、頬に触れて初めて私は自分が涙を流していることに気づいた。

なんでって、それは。

「ロアンの気持ちが伝わってきて、それで……」

「私の？」

「うん。……ロアンはおじいさまのことが大好きだったんだね。おじいさまとずっとずっと一緒にいたいと思っていたのに引き離されたことが悲しくて辛くて、寂しいんだよね。

でもどうやったらおじいさまのところに帰れるかわからないから、唯一のつながりを求めてここに戻ってきた。本当はここじゃなくて、おじいさまの元に帰りたいんだよね」

私の言葉に、ロアンの感情が乱れるのがわかった。そして、真っ黒だった憎しみの感情が小さくなり、真っ青な悲しみの感情で支配されていく。

「っ……そうよ！　私はおじいさまの人形なの！　おじいさまが大事に、大事に作ってくれた人形なの。ずっとおじいさまのそばにいたかった。異国になんて来たくなかった!!」

ロアンは涙を流す。かつて自分を愛してくれたおじいさまを想って。

私はそんなロアンがあまりにも可哀想で、気づけば一歩また一歩とロアンの元に近づいていた。今度はもう拒絶されることはないのはわかっていた。

「おい、明日菜。何を」

「大丈夫です」

柘植さんが心配そうに私の名前を呼ぶけど、小さく微笑んで私はロアンの前に立った。丁寧に作られたフランス人形。少し古ぼけてしまっているけれど、おじいさまの元にいたときはどれほど綺麗だったか。

それをそっと手に取ると、私はギュッと抱きしめた。

「辛かったよね。悲しかったよね。大好きなおじいさまに会いたいよね」

「っ……うっ……うわあああああ!!」

ロアンは泣き叫ぶ。今までの想いを全て吐き出すように。

私は彼女の感情が落ち着くまで、ただひたすらに抱きしめ続けた。


「――落ち着いた？」

「ええ。……私ったら取り乱しちゃったわ」

涙を拭うと、ロアンはすまし顔で言う。まだ感情には悲しみが漂っているけれど、随分と落ち着いているようだった。

隣で柘植さんは呆れているのか、それとも怒っているのか無言のまま腕を組んで立ち尽くしている。

どうしようか、そう悩んでいるとロアンが話し始める。

「私を作ってくれたおじいさまはね、小さなお店をやっていたのよ。私たちのようなお人形も時代の波にのまれて大量生産が主流になってきていたけれど、それでもおじいさまは一体一体想いを込めて丁寧に作ってくれていたの。でも、その分値段は高価になるし、子ども達が持つには高すぎる。かといって、貴族のようなお金持ちが買うのはもっと名の知れた作り手のものだけ。おのずとおじいさまのお店は衰退していったわ」

淡々とした口調で話しているけれど、当時を想像すると胸が苦しくなる。手間暇をかけた物が全て評価されるかというとそうではないことを私は知っている。たとえどれだけ丁寧に対応をしたとしても、結果としてお金を生み出さなければそれは仕事にならない。私がやってきたことも、誰かにとっては不必要な物にお金をかけずに済んだかもしれないけれど、会社にとってみたら給料だけもらって成果を出せなかったということに他ならないのかもしれない。

「お金にならない仕事は、やっぱりダメだよね」

思わずそう呟いてしまった私は、慌てて両手で口を押さえた。そんなのは社会人として当たり前のことなのに。恥ずかしい……。

でも、そんな私に――後ろから声が聞こえた。

「そうだとは限らないだろ」

「え？」

柘植さんの言葉に振り返ると、相変わらず無表情で、でもジッと私たちを見つめる柘植さんの姿があった。

「たしかに仕事の報酬として給料を貰う以上は会社に対して利益をもたらす必要がある。それを求められている。そうだろ？」

「はい」

「けど、それだけじゃないものもあると俺は思う。あっていいんだと思う。例えば、お前が仕事中に対応した客。そのときは必要なかったから断ったかもしれない。でも、いつか何かの機会に必要になったとき、そういえば誠実に対応してくれた人がいたなってきっと思い出す。そのときにお前を指名してかけてくるかもしれない」

柘植さんの言葉が、私の胸に突き刺さる。

そんなのたられればだ、と切り捨てることは簡単だ。でも、もしかしたらと思うだけで今まで感じていた苦しさが少しだけ楽になる気がする。

そういえばお客さんから、柘植さんに言われたのと似たようなことを言われた覚えがある。『いつかここの商品を買うときはあなたから買いたいわ』と——。

そのときは喜んでいたけれど、クビを言い渡されてからはあれもきっと社交辞令でしかなかったのだろうと、それどころか早く電話を切りたいから私をいい気分にさせて終わらせようとしたのかも、と疑心暗鬼にすらなっていた。

けれど柘植さんの飾り気のない言葉は、そんな私の胸の奥に突き刺さっていた小さな棘すらも溶かしてしまう。

「お前のじいさんだってな」

「おじいさまよ！」

「……バスチャン氏だって全く売れないものをずっと作り続けたわけじゃねえだろう。そりゃあたしかに売れる数は少なかったかもしれない。かかる費用よりも利益の方が少なかったのかもしれない。それでも、バスチャン氏の作る人形を楽しみにしてくれている人が一人でもいる限り作り続けたかったんだろ。カッコいいじゃねえか」

「おじいさま……」

ロアンは静かに涙を流す。その涙はもう悲しみや苦しさに支配されているわけではなく、バスチャンさんを偲《しの》んでいるようなそんな涙だった。

しばらく泣き続け、顔を上げたときにはスッキリとした表情を浮かべていた。

「ありがとう。本当はもうおじいさまがこの世にいないってわかってたの。長い長い時間が流れたわ。私をこの家に連れてきた男もとっくに死んだ。ああ、つい最近死んだ男とは別よ。あの男が生まれる前から私はこの家にいるんだから」

私が疑問を口に出すよりも早くロアンは言った。

そっか、そんなに前からここにいるんだ。いったいいつ頃からいるんだろう。

ふと気になった私はポケットからスマートフォンを取り出すと検索をした。

柘植さんとロアンはこのあとのお焚き上げの段取りを話していて私の行動に気づくことはなかった。

検索窓に『フランス　人形　歴史』と入れてみる。かなり昔から作られているようだ。こちらではフランス人形と呼ばれることが多いけれどフランスでは違う名前で呼ばれているらしい。

もしかしたらバスチャンさんについても何か出てくるかも、と思い検索してみたけれどバスチャンという名前はわりとフランスではポピュラーなようでたくさんの検索結果が出てくる。この中から見つけるのは難しそうだ。

名前といえば、ロアンという名前はとても可愛い名前だ。今まで聞いたことのあったフランスの女の子の名前であるエマやルイーズ、クロエとは少し違った雰囲気の名前だけれどどういう意味があるのだろう。

『ロアン　フランス語　名前』と入力してみると――ロアンという名前は特定の地域でつけられることが多いと書かれていた。

「ブルターニュ地方？」

検索して見ると、そこは大西洋に面したフランス北西部だった。そういえば、ロアンは言っていた。海の見える家でバスチャンさんと過ごしていたと。

もしかして……。

私ははやる気持ちを抑えて検索窓に『バスチャン　フランス人形　ブルターニュ地方』と入力してみる。すると……。

「違う……」

検索結果のページを見て私は肩を落とした。そんな私に柘植さんは眉をひそめた。

「おい、お前さっきから何をやってんだ」

仕方なく私はスマートフォンから顔を上げると、その画面を柘植さんに見せた。

「ブルターニュ地方でフランス人形を作ってた人の手がかりがないかと思ったんですけど、

バスチャンという人は検索結果に出てきたんですが、フランス人形じゃなくてプペ・アン・ビスキュイというのを作っていたそうです。フランス人形だったらバッチリだったのに」

「……プペ・アン・ビスキュイっていうのは向こうで言う西洋人形――つまりフランス人形のことだ」

「え？　それはつまり……」

柘植さんの言葉をそのまま取ると、あのページに書かれていたことはロアンの言うバスチャンということになる。そういうことなのか、と尋ねたくて柘植さんの方を見るけれど、柘植さんの視線は私のスマートフォンに向けられ、画面に書かれた内容を読み取っているようだった。

「あの……」

「ここに書かれている内容をもう一度ちゃんと読め。そしてあの人形に伝えてやれ」

スマートフォンを指さす柘植さんに、そのまま自分で読めばいいのでは、と思わなくもなかったけれど、言われるがまま画面に目を落とした。そこに書かれていたのは――。

『曽祖父の人形を探しています。１９００年頃、曽祖父であるバスチャン＝ベシルが作った思い出の人形です。当時、経営が傾き、彼は自分が作った人形を全て手放すこととなりました。その中には、彼の大切な人形も交じっていたのです。必死に取り戻そうとしましたが、彼はとうとうそれを見つけることなく亡くなってしまいました。ですが、ずっと彼はその人形――ロアンと再会することを願っていたのです』

ページに書かれた内容を読み上げると、ロアンは声を詰まらせた。

「おじい、さま……」

現在はバスチャンさんのひ孫さんが工房兼お店を再建したらしく、ページにはお店の紹介文が続いていた。けれど、もうロアンの耳に私の言葉は届いていないようだった。

ロアンはひとしきり泣いたあと、晴れ晴れとした笑みを浮かべて私たちを見上げた。

「ありがとう。これで思い残すことなく、逝けるわ」

そう言うとロアンの身体が光り出す。

光の向こうに見えたのは薄汚れて崩れそうなフランス人形ではなく、嬉しそうな笑みを浮かべ幸せに満ちた本来のロアンの姿だった。

「あっ」

ロアンの魂が抜けた瞬間――フランス人形は崩れ落ちた。そこにあったのはまるで今まで普通にそこにあったのが不思議なぐらいにボロボロになったフランス人形だった。その姿に、思わず私は柘植さんを見上げた。

「あの、これどうするんですか？　ロアンのことを探してるって書いてますけど」

「知らん。俺が受けた依頼はこいつの魂を送ることだ」

「そ、それはそうですけど」

なんとなく納得できずにいる私を余所に、柘植さんは魂の抜けたロアン――フランス人形を持ち上げた。

そして私に持たせていたリュックサックを取ると部屋を出ていく。おそらく、依頼主に報告に行くのだろう。

私はスマートフォンの画面と柘植さんの後ろ姿を見比べて、一瞬の迷いのあとその画面を消した。

ごめんなさい！　バスチャンさんの子孫の方！　でも、これもお仕事なんです！　許して！　そう心の中で念じて。

一階に下りると、柘植さんは依頼主の女性と何かを話したあと庭へと出た。その背中を追いかける。

「何をしてるんですか？」

「お焚き上げだ。普段は店の庭でするんだが、今日はもうここで終わらせてしまう。その方が依頼主も安心だろうからな」

たしかに。一度帰ってきた姿を見ていると、今度は大丈夫と言われてもまた戻ってきたらどうしようと不安になってしまいそうだ。それでさっき依頼主の女性と何かを話していたのか。

でもお焚き上げっていったい何をするんだろう？

「あの」

「お焚き上げというのは人形や位牌なんかの魂が入っているものから魂抜きをしたあとに燃やして供養するんだ」

説明しながらリュックサックから取り出した小さな木を漢字の「井」の字を作るように積み上げていく。その真ん中にロアンの魂が入っていたフランス人形を入れた。

そして立ち上がり、両手を合わせ読経を始める。

お葬式や法要でよく聞いた読経。眠くて早く終わってほしくて仕方のなかったそれが、こんなにも胸に染みたのは初めてだった。


「そういえば」

帰り道、私は楽しみにしていた下鴨神社近くの黒みつ団子を買いながら、疑問に思っていたことを柘植さんに尋ねた。ちなみに平日だというのに黒みつ団子のお店には行列ができていた。さすが！　渋々行列に並んでいた柘植さんはなんだと言わんばかりにこちらを向いた。私は財布から取り出したお金を店員さんに渡しながら口を開く。

「あのサイトに書いてあったバスチャンさんの話、どうして私に読ませたんですか？　あのまま柘植さんが言ったってよかったのに」

「バカか」

「なっ」

柘植さんのあまりに失礼な返答に、受け取ろうとしたおつりを落としそうになる。慌てて財布にしまうと、黒みつ団子を受け取って店員さんに頭を下げると列を抜け出た。

バス停に向かって歩きながらさっそくパックを開けると串を手に取る。軟らかい団子の上に黒みつがかけられ、さらにふんだんにきなこがかかったそれは思わず口の中に唾液が溜まるほどだ。

柘植さんの話の続きも気になるけれど、それよりもこの団子を口に入れたい。はやる気持ちを抑えきれず、パクリと食いついた。

「ん――！　何これ！　何これ!!　すっごく美味しい!!　きなこのお団子ってクドくなることも多いのに、上品な味でいくらでも食べられちゃいそう！　最初はこんなに入ってなくてもいいのにって思ったけど、でも十本入りっていうのも納得の美味しさ！」

「お前、聞いといて人の話を聞く気ないだろ」

「そんなことないですけど、今はこっちの方が大事です！　ほら、柘植さんも一つ食べてみてくださいよ」

「いらん」

「そう言わず！　はい、どうぞ」

押しつけるように一本手渡すと、諦めたように柘植さんはそれを手に取り口に入れた。

「……へえ」

美味しいとも不味《まず》いとも言わなかったけれど、真っ白だった感情にオレンジ色が混じっているのが見えてにんまりと笑う。言葉や表情を隠すことはできても、感情を隠すことはできないんだから。

「何を笑ってんだ」

「なんでもないですー。で、さっきの続きですけど、私に読ませた理由ってなんだったんですか？　あとバカってどういうことですか」

「お前って……」

最後の一本をペロリと食べ終え、先ほどの話に戻る。でもそんな私に柘植さんは呆れたような視線を向けた。

「別にたいした理由があるわけじゃない。あれはお前が探したから見つかったことだ。俺だけなら調べてやろうとまで思わなかった。だからあの人形のことを想って調べて見つけたお前が伝えるべきだと思ったんだ。バカって言ったのはお前がバカっぽい顔をしてたから。以上」

「そういうことだったんですね」

色々と考えてくれていたんだと嬉しくなる。バカっぽい顔は余計だけれども。

「あっちでロアンはバスチャンさんと会えてますかね」

「知らねえ」

「えええ、そんな！」

あまりに冷めた返事にショックを受ける。だって送魂なんてのを生業としているわけだし、そこはあの世で会えたよとか言ってほしいわけで。そんな私の不満を感じ取ったのか、栢植さんはため息を吐いた。

「あのな、俺たちの仕事は物に宿った魂をそこから剥がしてあの世に送るところまでだ。そこから先がどうなってるのかなんてしらん。第一、俺はまだ死んでないんだ。どうやってあの世の様子を知れっていうんだ。だいたいお前は俺になんて言ってもらえば満足する？　きっとあの世で幸せに過ごしてるよ、なんて言葉は結局お前自身を満足させるだけの言葉に過ぎないんだ」

「それは、そうですけど」

言わんとしていることはわかる。わかるんだけれどそれでもなんとなく腑に落ちない。だって、消えていく魂の幸せを祈ることの何がいけないのだろう。この世で再会できなかった二人があの世で再会して喜ぶ姿を想像して何がいけないのか。

……ああ、でもたしかに栢植さんの言う通り、それは全て私の自己満足に過ぎないのかもしれない。私がそうなってほしい、そうであってほしいという想いを押しつけているだけなのかも。それはただのエゴだ。

自分自身の考えが恥ずかしくて思わず俯いてしまう。

そんな私の頭上から柘植さんの声が聞こえて顔を上げた。

「まあ、でも」

ポツリと呟くと、柘植さんはタイミングよく来たバスに乗り込む。私は慌ててそのあとを追いかけてつり革を持って立つ柘植さんの隣に並んだ。

「もうこの世に何の未練もない、そんな顔をして逝けたからいいんじゃねえか」

「……そう、ですね」

あの世があるかどうかなんて私にもわからないけれど、わからないからこそ幸せでいてくれるように願いたい。それは残された者のエゴかもしれない。でも、それでも幸せを願わずにいられない。

「んじゃ、帰ったら詩が終わらせた送魂分のお焚き上げするぞ。お前にも色々覚えてもらうから覚悟しとけよ」

「はい！」

柘植さんの言葉に勢いよく頷く。前の仕事が向いてなかったとかこの仕事が向いているとかそんなことはまだわからないけれど、とにかく今はひたむきに頑張ってみよう。

バスの窓の向こうに見えた青空は、まるでロアンの笑顔のように澄み渡っていた。

第三章　トロッコ列車と置いていかれた雛人形

無幻堂で働くようになってから二週間が経った。普段のお仕事としては、送られてくる人形やぬいぐるみの魂抜きをして、一日の終わりにそれらをお焚き上げして完了という流れだった。

比較的小さなぬいぐるみたちは詩さんが、人形やぬいぐるみの中でも純太君のように魂が具現化し人の形を模したものに関しては柘植さんが対応している。

私はというと人型を模したぬいぐるみたちの話を聞いたり、お焚き上げの準備をしたりする日々だ。柘植さん曰く、人形の中に宿った魂は危険な状態になっているのも多いから私が対応するには危ないらしい。そうは言われてもいまいちピンとこないのは、ロアンのことを思い出してしまうから。

ロアンはまさに柘植さんの言う人形に宿った魂だった。でも、私たちと会話することもできたし、最後には心を通わすこともできたと思う。それなら、と思ってしまうけれど。

そんなことを考えていると、大量のぬいぐるみに押しつぶされそうになっている詩さんが私に声をかけた。

「明日菜、手が空いてたらこっちの子をお願いしてもいい？」

「はーい」

今日は朝から大忙しだった。私の出社とほぼ同時にやってきた宅配便のお兄さんが「今日は多いですよー」と思わず言ってしまうほどの量の段ボールが送られて来たのだ。

送り元は京都嵯峨野にある『柘植寺《つげでら》』と書かれていた。

そういえば嵯峨野ってどの辺りだったっけ、と考えながら私は詩さんの上に乗っかっているぬいぐるみを持ち上げると、指定された箱の中に入れた。ここに入っているのはすでに魂があの世に送られたあとのぬいぐるみたちだ。さっきまで動いていたそれらはすでに動かないただのぬいぐるみとなっていた。

「詩さんって凄いですよね」

「まあね。でもあたしにできるのはこういう小さい子たちだけだから。悔しいことに今の力じゃあこれ以上大きいのは相手にできないわ」

十数体はあるぬいぐるみたちの魂を一人であの世に送っているだけでも十分凄いと思うけれど、詩さんは不服そうだった。『今の力じゃあ』と言っていたから、以前はもっと力が強かったのかもしれない。でも……。

「気になる？」

うか。

「前のあたしがどんなだったか」

ニヤッと笑われて、私は思わず頬を両手で押さえた。また顔に出てしまっていたのだろうか。

そんな私に詩さんはくっくっと喉を鳴らして笑った。

「あんたは素直ね。でも、まだ教えてあげない」

ウインク一つすると、詩さんは残りのぬいぐるみたちに向き直った。

猫にウインクされただけだというのに、あの色気はなんなのだろう。と、いうか詩さんは猫なのだろうか。普通の猫はウインクなんてしないし、そもそも猫は喋らない。ぬいぐるみや人形が喋るから猫が喋ることに対してもそこまで不思議に思わなかったけれど。

そういう疑問も、もっと仲良くなれば教えてもらえるのだろうか。ううん、仲良くと言うよりは、信頼されれば。

「頑張らなくちゃ」

「頑張ると決意を固めるのはいいが、さっさと仕事もしてくれないか」

「す、すみません」

柘植さんの声に慌てて頭を下げる。恐る恐る視線だけ上げると、そこには――雛人形があった。

「お雛様？」

「正しくは女雛《めびな》だ」

「女雛？」

聞き覚えのない単語に首をかしげた。

「お内裏様とお雛様ですよね？　ほら、有名な歌詞にもあるじゃないですか」

「あの歌詞のせいで間違った名前が広まったんだ。正しくは女雛と男雛《おびな》。お前の言うお雛様とは雛飾り全てを指すし、お内裏様というのは男雛と女雛、二体を指す。内裏雛とか聞いたことないか？」

「へー！　知らなかったです」

「有名な話だぞ」

呆れたように言われたって知らないものは知らないのだから仕方がないじゃない。

とはいえ、柘植さんの口ぶりから一般常識のようなので覚えておこう。お雛様ってどうも縁がなかったせいで、いまいちよくわからないんだよね。

「で、その女雛がどうしてここにあるんですか？　三月はまだずっと先ですよ？」

「送魂以外に何の用があって俺がこいつを持ってると思うんだ」

今度こそ呆れかえっているのが手に取るようにわかる。と、いうかそれまで真っ白だった感情の色に、柘植さんの着ている着物のような鈍色が混じったのが見えた。

せっかくの清々しいまでに綺麗な白色を私が汚してしまったみたいで、少しだけ申し訳なくなる。

謝るべきか、一瞬悩んだけれど私が口を開くよりも早く目の前の女雛が喋り出した。

「ですから、私は一人では逝かないと言っています」

「いや、だから」

「それに軽々しく持ち上げないでください。私に触れていいのはお嬢様だけです」

「お嬢様？」

そう言うと、女雛は柘植さんの手を離れる。落ちちゃう！　と、思ったときにはすでにひらりと床に着地していた。

「よかったぁ」

「あなた、私が落ちるとでも思ったんですか？　そんな無様な真似、するわけがないでしょう」

「つ、柘植さん。なんなんですか、この女雛。すっごく偉そうなんですけど」

静かに柘植さんの隣に移動すると、その耳にこっそりと耳打ちする。柘植さんは小さくため息を吐くと、口を開こうとするけれど、それより早く再び女雛が文句を言い出した。

「偉そうって失礼ね。あなたこそ何様です？　失礼にも程があるわ。とにかく、私はあの方がいらっしゃらないのに一人で逝ったりしませんわ。それが妻たる私の……私の……」

「あ、ちょ、ちょっと」

そこまで言うと女雛はさめざめと泣き始めた。怒りをぶつけられても困るけれど、こんなふうに泣かれるのも困る。非常に困る。どうしたらいいかオロオロとしていると、柘植さんは深くため息を吐いて、女雛の着物を持つとひょいっとつまみ上げた。

「あ、ちょっと！　何をするのですか！」

「うるさい。さっさとあの世に送ってやる」

「嫌ー！　やめて！　あ、あなた！　助けなさい！　助けて!!　女ならわかるでしょう。愛する人を置いて一人で逝けない私の気持ちが！」

「えっ、私？　えー……。す、すみません。私に言われてもいまいちよくわかんないです」

「嘘でしょう!?」

女雛はあり得ないとばかりに叫ぶ。そ、そんなに驚かれなきゃいけないことなのか。そりゃあ人がそういう思考をしていることを否定はしないけれど、私自身がそういう想いを抱いているかというと明確にノーなわけで。だって私の人生なのにどうして誰かのために生きたり死んだりしなければいけないのか。

「おい、そんなに真剣に悩むな」

「だ、だって」

「お前とこいつでは価値観が違う。それでいいだろ」

柘植さんの言葉に、どこか気持ちが楽になるのを感じる。当たり前のことなんだけど、でも自分を否定されるとどこか不安な気持ちになるのはどうしてだろう。

そんな私とは裏腹に、女雛はツンとした表情のままそっぽを向いた。

「で、その子どうするんですか？　一人ではあの世に逝かないって言ってますが。ちなみに、今男雛はどこに？」

「……どうするかな」

珍しく歯切れ悪く柘植さんは言う。そういえば、今ふと気づいたけれどいつも荷物が送られてくる柘植寺は柘植さんと同じ名前だ。たまたま、にしては珍しい名字だ。どういう関係があるのか気になるけれど、聞いてもいいのかわからない。どこまで踏み込んでいいのか。逆に私だって家族のこととか聞かれてもきっと曖昧に誤魔化してしまうと思うから。

「しゃあねえ。行くか」

「え、逝くんですか？」

「違うわ、阿呆。男雛はここにはない。あるのはうちの実家だ」

「実家、ですか」

思わず唾を飲み込んでしまう。それは今まさに聞かないでいようと思っていたことで。どう話を続けたものか、と悩んでいると私より先に柘植さんが口を開いた。

「……お前も行くか？」

「行ってもいいんですか？」

「好きにしろ」

好きにしろ、と言うけれど突き放した雰囲気でも嫌がってる様子でもない。感情もいつもと同じ真っ白のままだ。

「そ、それじゃあ一緒に行きたいです」

「じゃあ準備をしろ。……ああ、いつものお焚き上げの準備はいらないぞ」

先日のロアンのときに持って行ったリュックサックを準備しようと隣の部屋に向かう私の背中に柘植さんは言う。その言葉の意味がわからなくて振り返ると、柘植さんは少し嫌そうに言った。

「あっちにはうちでするよりも立派なのがあるからな」

その言葉の意味がわかるのはそう遠くなかった。

◇◆◇

四条河原町のバス停から二条《にじょう》駅前までバスに乗り、さらに二条駅からＪＲ山陰本線に乗る。電車で十分ほど揺られるとＪＲ嵯峨《さが》嵐山《あらしやま》駅に着いた。

「わー、ここが嵯峨野！　竹林の道と豆腐で有名な嵯峨野！　……でも、なんだか」

駅を出て辺りを見回した私は、想像と現実のギャップに言葉を失う。なんというかこれは、ピラミッドで有名なエジプトに、車が走って高層ビルが建っているのを見たときと似ている。

私は当たり前のように車が走り、たくさんの住宅が建ち並ぶ嵯峨嵐山駅の周辺を見て思わず声を漏らした。

「嵯峨野ってもっとこう、山と竹に囲まれてるイメージでした」

「残念だったな」

「あっ、待ってください」

スタスタと歩いていく柘植さんの後ろを慌ててついていく。イメージよりもずっと嵯峨野は観光地だった。平日だというのにたくさんの人がいて、ロータリーにはタクシーを待つ人の列ができていた。

それとは別に駅を出て右手にある建物に入っていく人もたくさんいた。

「柘植さん、あっちは何があるんですか？」

「トロッコだ。嵐山まであれに乗っていけるぞ。まあここから歩いても行けるけどな」

「嵐山！　渡月橋《とげつきょう》ですね。本わらび餅のお店があって一度行きたいって思ってたんです！」

「お前の頭の中は京都のガイドブックでも入ってるのか？」

「はい！」

勢いよく返事をした私に、柘植さんはあからさまなため息を吐く。何か変なことでも言っただろうか？　どうかしたんですか、と尋ねようか迷っているとその間にも柘植さんはどんどんと歩いていく。どうやら少し向こうに見えるバス停に向かっているようだ。

背中に背負ったリュックサックには、お焚き上げの準備の代わりに女雛を入れてある。

「私を鞄に入れるなんて！」と、お怒りだったけれど雛人形を持って電車やバスに乗ったらそれこそ周りから変な人だと思われてしまう。ただでさえ柘植さんの容姿は人目を引くのだから、これにさらに好奇な視線まで向けられてはたまらない。

私は尋ねることをやめて、代わりにこの間から思っていた疑問を口にした。

「柘植さんは車を運転しないんですか？」

「どういう意味だ。身分証明としての運転免許証は持ってるぞ」

「この間から移動のたびにバスや電車を使ってるなって思いまして。車で移動したりしないんですか？　あ、別に電車やバスが嫌って意味じゃなくて普通に素朴な疑問です」

「お前はバカか」

「なっ」

そう言い放つと、柘植さんはやってきたバスに乗る。慌ててその後ろを追いかけると隣に並んだ。車内は観光客の人でいっぱいだ。それにバスの窓から見える道にもたくさんの人が歩いているのが見える。

「車で来るとな、あの中を走るんだ」

窓の外を見ながら柘植さんは言う。

「京都の街中は観光客で溢れてる。左折しようとしたら横断歩道を渡る人の多さに曲がるタイミングを見失うこともあるほどだ。今じゃあ随分と歩車分離式信号の交差点も増えたが、それでも土日だと思いも寄らないところに人が大量に押し寄せたりするからな。そんな恐ろしいところを車で走ろうとするやつの気が知れん」

「はあ」

「と、いうことで俺はよっぽどの郊外に行くとき以外は車には乗らない。わかったか」

「わ、わかりました」

たしかに、この中を車で走らせるのはちょっと。いや、かなり怖い。信号のない場所を突然横断されたりするから余計にだ。

「ところで今から向かうのは――」

「だから俺の実家だ。山の方にあるからバスを降りて少し歩くぞ」

柘植さんの言葉通り、私たちは鳥居本《とりいもと》というバス停で降りると山の中を進んでいく。初夏だというのにひんやりとしているのは生い茂る木々のせいなのか、それともどこか神秘的な雰囲気のせいなのか。
　そういえば、実家に男雛があるということはあの女雛は柘植さんの家のものだというこ
とだろうか？　それぐらいなら聞いてみてもいいかもしれない。
「あの、聞いてもいいですか」
「実家のことか？」
「え、あ、はい」
　思わず反射的に返事をしてしまう。違う、と否定してもよかったのだけれどつい、うっ
かり、気になって。
　でも別に嫌がっている雰囲気はなく、いつもと変わらず柘植さんが纏う感情は真っ白な
ままだった。いったい何を考えているのだろう。
「朝、うちに荷物が届くだろう。あの送り元が柘植寺って書いてあるの気づいてたか？」
「はい」
「だよな、まあ気づくよな。あれ、うちの実家。今は親父と長男が寺をやってる。そこに
送られてきたお焚き上げ用の人形やぬいぐるみのうち、本当に魂が宿っててヤバいやつが
俺のところに送られてきてる」
「そうだったんですか」
「だから男雛が実家にあるんだ」

「あっ」

　ようやく話が繋がった。つまりあの女雛は柘植さんの実家のものではなく、柘植さんの実家にお焚き上げの依頼の品として送られてきたものだったのだ。

「お焚き上げに実家へと送られたものだったんですね」

「ああ。ただ昨日発送されたものだからな。まだお焚き上げをされてないといいんだが」

「連絡とかはしなかったんですか？」

「したんだが、出ねえんだ。機械音痴の親父とすぐに機械を壊す筋肉馬鹿な長男は当てにならないから次男に連絡したんだが」

「機械音痴に筋肉馬鹿……凄い単語が並んでますね」

　柘植さんのご家族、と言われて思い浮かぶのがどちらかというと神経質とか繊細そうとかそういうイメージなのに百八十度真逆で上手く想像ができない。そもそもすぐ機械を壊すってどういうこと？　しかも筋肉馬鹿って言われると物理的に壊しているような雰囲気なんだけどまさか。いや、まさかね。

「ちなみに今お前が想像したそのまんまだと思うぞ」

「物理的に機械を壊すんですか!?」

「スマートフォンになる前のガラケーのときにパカッて折りたたむタイプのがあっただろ。あれが真っ二つになったのを見た回数を俺は覚えてない」

「スマートフォンになってからは画面をバキバキどころか本体ごとバキバキにしたこともあったぞ」

「う、うわ」

「凄すぎて笑っていいのかどうかわからないです」

苦笑いを浮かべることしかできない。

「ちなみに機械音痴のお父様というのは……」

「そっちは兄貴よりはまだマシだ。かろうじて壊すことはない。ただ壊滅的に機械が苦手で未だに実家は黒電話。あの人の頭の中じゃポケベルぐらいで止まってるんじゃないか」

「ポケベルってなんですか？」

「……すまん、忘れろ」

聞き慣れない単語に、思わず聞き返した私を柘植さんは頭痛を堪えるように頭を押さえる。そんな変なことを聞いたのだろうか。

「そうか、平成生まれはポケベルに馴染みがないのか」

「ＰＨＳならわかるんですが。と、いうか柘植さんっていくつです？」

「三十四歳だ」

「あ、ギリギリ昭和生まれなんですね！」

「なんだろな、改めて言われるとこの辺が重くなるのは」

柘植さんは胸の辺りを押さえると眉間に皺を寄せた。

でも私はそんな柘植さんとは裏腹にどこか気持ちがウキウキしていた。こんなふうに家族のことを話してくれると思わなかったから。実家近くという自分のテリトリーが柘植さんの口を軽くしているのかもしれない。だからつい、口が滑ってしまう。

「でも、柘植さんってご家族と仲がいいんですね」

「……んなことねえよ」

「あっ」

地雷を踏んでしまったようだ。一瞬で、柘植さんの纏う感情の色が濁っていくのがわかる。そしてそれを裏付けるようにさっきまであんなに軽く話していた柘植さんは黙り込むとそのまま歩いていってしまう。その後ろ姿が、これ以上深入りするなと言っているようで、私は思わず足を止めた。

どこの家庭にも多かれ少なかれ何かはあって、私だって家族とのことを聞かれたらどう答えていいかわからないのに。なのに浮かれてあんなことを気軽に言ってしまうなんて。

「失敗したなあ」

「そうですわね」

「え？」

呟いた言葉に思わぬ方向から返事が来る。それは私の背中に背負ったリュックの中からだった。そういえば、この人を連れていたのを忘れていた。

リュックサックを地面に下ろし、ファスナーを開けると飛び出すようにして女雛が外に出てくる。ずっと入れていたことを怒っているのか、わざとらしく着物の皺を直している。

「あなたね、もう少し丁寧に運んでくださらない!?　本当に、どういう神経をしているのか疑いますわ」

「はぁ」

「だいたいね、殿方に対してもそうですわ。あなたには繊細さですとか気配りが足りてないのです」

「うっ。それは」

あまりの正論に二の句が継げない。いや、普段はそんなことない、とかいつもならもっと人の顔色や空気を読むのが得意だとか言いたいことはあったけれど、柘植さんに対して踏み込みすぎて嫌な気持ちにさせたのはその通りなので何も言えない。

「…………」

「でも、まあ」

黙り込んでしまった私をフォローするように女雛は口を開いた。

「あの方も少し心が狭すぎですわね。男子たる者、女子の言葉ぐらいいなして頭を撫でるぐらいの余裕がないといけませんわ」

「人形に男女のいろはを説かれるなんて」

「人形とバカにしないでくださいまし」

　ピシャッと手のひらを手に持った扇で叩かれる。

「なっ」

「だいたい──って、あら？」

「え？」

「あなた、ここから先の道のりを知っていらして？」

「知ってるわけないじゃない。ここは初めて来た場所だし、道案内は柘植さんに任せてて──あっ」

女雛の言いたいことに気づいて私は青ざめる。女雛と言い合う前は少し離れたところに見えていた柘植さんの後ろ姿が今は完全に見えないのだ。

この先が一本道であれば大丈夫だけれど、ここに来るまでにも何回か分岐点があった。ここから先も全くないということはないだろう。

「どうしよう……」

「あなたって本当に馬鹿ね」

「だ、だってあなたと話してたから」

「私のせいにしないでくださる？　それよりも、早く追いかけた方がいいのでは？」

「ぐっ」

正論に言葉を失う。仕方なく私は女雛を手に歩き出した。

けれど、しばらく歩くとやはりと言うべきか分岐点がやってきた。そして困ったことにどちらにも立て札らしき物がない。

「案内の立て札ぐらい用意しておいてよお」

「こんなところで迷子になる人間なんていないからでしょ」

泣きそうになる私に女雛は冷たい一言をぶつける。

はぁとため息を吐いて辺りを見渡すけれど、目に入るのは生い茂る木ばかりで目的地のお寺は欠片も見えない。どうするべきか、このままここに止まって柘植さんが見つけてくれるのを待つか、それとも勘で進むか。

「……進むか」

「馬鹿なの？　ねえ、あなた馬鹿なの？」

「だって、このままここにいたっていつ見つけてもらえるかわからないし。それよりは少しでも進んでいれば、柘植さんに追いつくかもしれないし」

「進む方向が正解とは限らないじゃないの。私はここを動かないわよ」

「いいよ、なら私一人で行くから」

「あ、ちょっと待ちなさいよ。ねえ、待ちなさいってば！」

私は女雛の言葉を無視して、右手の道を歩き出した。別に何か確証があるわけじゃない。ただこっちの方がすこーしだけ道が整えられてて歩きやすそうだったから。決して左手の方に蜘蛛の巣があるのが見えたからではない。

「ねえ、待ちなさいって言ってるのが聞こえないの!?」

「なんでついてくるの？　あそこで待ってるんじゃないの？」

「あなた一人で行くなんて心配だからついていってあげるだけよ」

「そんなこと言ってあそこで一人待ちたくなかったんでしょ」

憎まれ口を叩くけれど女雛は何も言わない。代わりに私の手の上に腰を下ろす。仕方なく私は女雛を手に持ったまま歩き続ける。途中、何度か分かれ道があったけれどそのたびに適当に進む。本当に適当に。

けれど十分歩いても十五分歩いても柘植さんの姿も、そしてお寺も見えてこない。

これはさすがに道を間違えたのではないか、女雛も私もお互いに思う。思うけれど、どちらも口に出さない。出したところで今更引き返せないのだ。引き返したとしてもどちらから来たのかわからないから。

「あっつい」

先ほどまで涼しかったはずなのに、今は嫌な汗が頬を伝う。さて、どうするべきか。このまま先に進み続けても柘植さんに出会える確証はない。どうにかして柘植さんに今いる場所を伝えられたら――。

「あっ！」

「な、なんですの？」

突然、声を上げた私に女雛が咎めるような声を出す。けれど、そんなことに構っていられなかった。私はリュックサックを下ろし、鞄の中を探る。たしかここに。

「あった！」

奥底の方に入っていたスマートフォンを私は取り出した。どこにいるかわからないとはいえ連絡を取ればすぐにわかる。どうして今までこれの存在を忘れていたのか。

意気揚々と取り出したスマートフォンの電源ボタンを押した。

けれど。

「つかない」

「だから、それはなんです？　と、聞いてるんです！」

「これはスマートフォンと言って遠く離れた人とも連絡を取ることができる機械なの。見たことない？」

「あるわけないでしょう。私たち雛人形は桃の節句の時期以外は箱の中にしまい込まれているのですから」

その口調にどこかもの悲しさを感じて女雛に視線を向ける。深い青色に囚われているかと思ったその感情は、意外にもピンク色で満ちていた。ピンクは幸福や愛情といった感情を表す色だ。人間の勝手で一年のうち長くても一ヶ月程度しか外に出られず、それ以外の期間は箱に閉じ込められ、押し入れにしまわれる。それなのにどうしてそんな色を出すことができるの？

「なに？　言いたいことがあるという表情を浮かべてますよ」

「あ、えっと。恨んでないの？」

「恨む？　何をです？」

「だから持ち主を。だって、他の人形やぬいぐるみは部屋に飾ってもらったり一緒に眠ったりしているのに、あなたたち雛人形は年に一度、一月足らずしか外に出してもらえないでしょ。なのにどうしてそんなに幸せそうなの？」

私の言葉に、女雛は馬鹿ねと言わんばかりに微笑んだ。

「当たり前でしょう。私たちはねお嬢様の健やかなる成長を祈ってその家に呼ばれるの。そりゃあ出してもらえない期間は寂しいわ。それでも、年に一度、立派に成長したお嬢様と会えるのが何よりも楽しみなの。それにね、箱を開けて嬉しそうな顔を見たらそれまでの寂しさも全て吹き飛んでしまうわ」

「そっか」

「今だって別に逝くのが嫌なわけじゃないの。お嬢様が嫁がれてもう何十年も経ったわ。私たちを飾ってくれる人もいなくなった。もう私の役目は終わったのよ。なら最期は長年一緒に連れ添った愛しいあの人と一緒に逝きたいと思うのが女心でしょう。あなたも女ならわかりますでしょう？」

「う、うん」

ここでわからないと言えば話が進まないと思い、頷いてごまかす。そんな私の返事に満足したのか、はたまたこれ以上言ったところで響かないと思われたのかは定かじゃないけれどそれ以上私に同意を求めてくることはなかった。

「と、いうことなので早く私をあの人の元に連れていってくださる？」

それができたら苦労はしない、と口走りそうになって慌てて堪える。とにかく、今は柘植さんと合流することが先決だ。きちんと戻れるか不安はあるけれど一度麓まで下りてコンビニでスマートフォンの充電器を買うか、地元の人に柘植寺の場所を聞くかしなければ。

「とりあえず、一度戻るね」

「そうしてくださいな」

ツンとした態度で言われ、私は苦笑いを浮かべながら元来た道を戻り始めた。シンとした森に響くのは鳥の鳴き声と木々のざわめきだけ。

神聖な、といえば聞こえはいいけれど人の声が聞こえない空間というのは妙に不気味だ。

「ねえ」

「なにかしら」

「何か話してよ」

「何かと言われましても」

少々無茶ぶりが過ぎたかとも思ったけれど、私の雑なお願いに女雛は少し考えるようなそぶりを見せたあと、何かを思いついたのかこちらを見上げた。

「あなた、生まれは京ですの？」

「え、ううん。兵庫県だよ」

「そう。では、京の雛人形とその他の地域の雛人形で違うところがあるのをご存じ？」

「違うところ？　顔が違うとか人数が違うとか？」

「ふふ、不正解よ」

私の回答を女雛はおかしそうに笑う。いったい何が違うというのか。京都だろうが他の地方だろうが雛人形は雛人形だろうに。しばらく考えても答えがわからず、私は白旗を揚げることにした。

「降参。わからないから教えてくれる？」

「ふふ、それはね――」

「お、こないなところに可愛い子がおるなぁ」

「え？」

得意げに答えを言おうとする女雛に視線を向けていたせいで気づくのが遅れた。その声に慌てて顔をあげると私の目の前に、どこから現れたのか、金髪の男性が立ち塞がるかのように立っていた。その人は肩まで届きそうな金色の髪に、チェーンのネックレス、着崩したスーツと、山の中を歩くには似つかわしくない格好をしていた。

それにしてもさっきまで誰もいなかったはずなのに、どうして。ううん、そんなことよりも！

「あ、あの！　柘植寺ってご存じですか？」

背に腹はかえられない。私は目の前のその人の腕を掴むと、必死に尋ねた。

「柘植寺？　あそこになんか用があるん？」

「私、柘植寺に行く途中で迷子になってしまって」

「おう、おう。可哀想に。ほな、俺が連れていったるわ」

ニッと笑うと、その人は反対に私の腕を掴み歩き出す。私は引きずられるようにしてあとを追いかけた。

「なあ、なんの用事があるか聞いてもええ？」

「あ、えっと」

「あ、やっぱなし。当てたるわ。お祓いやろ？　それも人形の」

「え、ええ⁉　どうしてわかったんですか？」

「だって、手に女雛持ってるやん。こんなところをそんなもん持って歩いとるなんて、訳ありにしか思えへんからな」

ケラケラと笑うその人の言葉に、そういうことかと納得する。それにしてもこの人はいったい誰なんだろう。藁にもすがる思いでついてきたけれど変な人ではないのだろうか。

私は急に不安になる。外見で人を判断するのはよくないと思う。思うのだけれど、さすがにこの格好は……。

「なあ。今、俺のことめっちゃ不審がってるやろ」

「え、そ、そんなことは」

「ほんまに？」

「……少しだけ」

「素直やなぁ」

その人はおかしそうに笑うと一枚の名刺を差し出した。そこには『何でも屋　柘植律《りっ》真《しん》』と書かれていた。

「もしかして、柘植さんのお兄さん……？」

「ん？　なんや、悠真の知り合いか？　ほな、そのお姫さんもしかして昨日、俺が送ったやつか？」

「え、あ、はい！　たぶんそうです！　今日の朝、お店に届いて！　あの！　この子の他の雛人形たちってまだお寺にありますか⁉」

「え、ちょ、ちょっと待ちいや。他の雛人形って……あー」

心当たりがあったようで私と女雛は顔を見合わせる。よかった、これで会わせてあげることができる。あとは二体をまとめてお焚き上げすれば――。

「もうないわ」

「えええ⁉　ど、どうして」

「雛人形やろ？　昨日、悠真とこにお姫さんを送ってからお焚き上げに出してしもた」

「そ、そんなぁ」

「嘘、でしょ……」

律真さんの言葉に、女雛は深い悲しみに包まれていく。爽やかな風が吹いていた森の中は気づけば寒々しい風が吹き、空には黒雲が立ち込める。これは、いったい。

「あかん。暴走しかけとる」

「暴走？」

「感情のコントロールができひんくなっとるんや」

律真さんの言う『感情』という単語にもう一度女雛に視線を向ける。彼女の感情は深い青から真っ黒へと移り変わっていく。まるで空に立ち込める雲のように、どんどんと黒い感情が彼女を包んでいく。

「このままやと悪霊化するわ。その人形、こっちに寄越し」

「ど、どうするんですか？」

「——強制的に送る」

その言葉の意味はわからなかったけれど、女雛にとって望ましいものではない、そんな気がした。もしかしたら本人の気持ちとは関係なく、無理やりあの世に魂を送られてしまうのかもしれない。そんなの……。

「ダメです！」

「なんやって!?」

慌てて女雛を隠した私に、律真さんは驚いたような、怒ったような表情を向けた。

でも、女雛は言っていたから。別にあの世に逝くのが嫌なわけじゃない。男雛と一緒に逝けないのが嫌なんだって。なのにそんな女雛を無理やり送魂してしまうなんて、どうしても納得できない。

「私は、ちゃんとこの子を送魂したいです！」

「何考えてるんや。そんな悠長なこと言うてたら手遅れになるわ」

「手遅れ」

「そうや。完全に魂が悪霊化したらもうあの世に逝くこともできひん。最終的には消滅さすしかなくなる。そうしたらもう二度とお姫さんは男雛に会われへんくなるんや。その方がいい言うんか!?」

「それは……」

そんなのいい訳ない。いい訳がない、けど……! どうしていいかわからないまま女雛を抱きしめる。腕の中の女雛は泣いていた。泣き叫んでいた。苦しそうに、辛そうに。そんな女雛を強制的に送魂することが正しいと思えない。でも、このまま悪霊と化してしまうのも絶対にダメ。どうしたらいいの。

「……っ」

「それ以上、こいつをいじめてやるな」

「悠真?」

「柘植さん……」

「お前ら声でかすぎ。寺まで聞こえて来たぞ」

そう言って現れた柘植さんは私が持つ女雛と、それから空を見比べてため息を吐いた。

先ほどまでよりも随分と黒雲が濃くなっている。なんの知識もない私でも、もう時間がないとわかるほど。

「柘植さん、どうしたら……!」

「いいから、そいつのことちゃんと持っとけ」

「悠真。どないするつもりや」

「俺が抑える。その間に、明日菜。お前が話をするんだ」

「私が……？」

名指しされた私は、思わず柘植さんを見つめる。そんな私に柘植さんは頷いた。お前なら大丈夫と言わんばかりに。

けれど、そんな私たちの間に割って入ると、律真さんは柘植さんに掴みかかった。

「おい、正気か？　お嬢ちゃんにそないなことさせていけるんか？」

「ダメだったら俺がなんとかするさ」

「お前……」

柘植さんの言葉に律真さんは首を振ると、諦めたように肩をすくめる。

「何を言っても無駄そうやな。くっそ、無茶はしなや。……お嬢ちゃんもや」

「はい！」

「わかってる。それから、明日菜。これ」

「これ、は」

差し出されたものを見て、思わず息をのむ。

けれど、そんな私に構うことなく柘植さんはそれを、女雛を持っているのとは逆の手に握らせた。

「燃えかすの中に残っていたそうだ」

「それって……」

最近読んだ京都関連の本の中に、そういえば雛人形の話が載っていたのを思い出す。そうだ、たしか京都の雛人形は――。

「持ってろ。絶対に役に立つ」

そう言ったかと思うと、柘植さんは手に数珠をつけ読経を始める。薄い唇からお経が唱えられるごとに、女雛の周りに漂っていた黒い感情が薄く、そして小さくなっていくのがわかる。

今なら、声が届くかもしれない。

「女雛！　私の声、聞こえる⁉」

「…………」

「ねえ、聞いて！　男雛が先に逝っちゃって凄く悲しいかもしれない。ずっと一緒に逝きたいってそう言ってたもんね。なのにそれを叶えてあげられなくてごめん！　本当にごめん！　でもね、きっと男雛は今でも女雛が来るのを待ってると思うの。女雛が男雛を思うように、男雛も女雛のことを思ってるよ！」

「そんなの……わからないじゃない……」

柘植さんの読経が効いたのか、それまで全く話すことがなかった女雛が、私の言葉に反応してポツリと口を開いた。辺りに立ち込める黒雲は相変わらずだけれど、辺りの木々を揺らす風がほんの少しだけ弱くなったような気がした。

「わかるよ！　ね、さっきの答え私わかったよ！　あなたって京雛だよね？　京都の雛人形が他の地域とは違うって話の答え！　あなたは私たちから向かって左側、そして男雛は向かって右側に座ってた。そうでしょ⁉」

「お、おい。お嬢ちゃん。そんなん今、なんの関係が」

「これが、お焚き上げの場所に残ってたって柘植さんから渡されました。最初は意味がわかんなかったけど、でも京雛の並びが私の知ってる雛人形と反対なら、この腕はきっとあなたに差し伸ばされたものだと思うの！」

私の手の中には、先ほど柘植さんから渡された男雛の右手があった。女雛の右側に男雛の位置が来る京雛では、男雛の右手は女雛のすぐそばにある。ずっと差し伸べ続けたその手は、最期の最期まで女雛を探し続けていたのかもしれない。もしくは、女雛が一人であの世に逝かなければならないことを心配に思って、こっちだよと手を取るためにこの世に未練として残ったのかもしれない。

「女雛、男雛があの世で待ってるよ。ね、この手を握りしめて男雛の元に逝こう？」

「っ……うっ……ううっ」

私は女雛の手のひらに、男雛の右手を置いてそっと握らせる。ずっとそばにあった手を。

届くことのなかった手を、ギュッと大事そうに握りしめると女雛は大きな声で泣いて泣いて泣き続けて、そして涙を拭うと——小さく微笑んだ。

「そう、ね。私が逝ってあげなきゃあの人、ずっと待ってるかもしれないものね」

「女雛……」

「心配性だからこんなのをこっちに置いていっちゃうなんて。こんなの残されたら、届けにいかないわけにいかないじゃない」

涙に濡れた女雛はキラキラと輝いて見える。

「それにね、あの人のことだからあの世に逝く途中の道で、迷子になってるかもしれないわ。あなたに負けず劣らずの方向音痴なんですから」

そう言うと、女雛は空を見上げ、そして——そのまま二度と動くことはなかった。


「……逝ったんか？　嘘やろ」

「凄いだろ、こいつ」

「凄いなんてもんやない。なんの力もない素人が送魂してしまうなんて」

動かなくなった女雛と、それから男雛の右手を持つ私を律真さんはまるで化け物か何かでも見るかのように見つめている。そんなに変なことをしたのだろうか。私はただ女雛と話をして、気持ちを伝えただけだ。少し人と違うところがあるとするなら、感情が色で見えるだけで。

　そういえば、律真さんは柘植さんのお兄さんとのことだけれどどこの人もやっぱり感情の色が上手く見えない。柘植さんほど真っ白かというとそうではないのだけれど、どこかもやがかかっているというか、ひょうひょうとして掴み所がない。

「まあ、ええわ。それお焚き上げするやろ？　寺の方に行こか。兄貴も待ってるやろし」

「お兄さんって、律真さんが柘植さんのお兄さんなんじゃないんですか？」

「俺も兄貴やで。寺におるんはうちの長男。慧真《けいしん》言うんや。俺は次男坊。んで、悠真が三男な」

「三人兄弟だったんですね」

「せやで。よう似とるやろ？」

　律真さんの言葉に、思わず柘植さんと律真さんの顔を見比べる。まるで静と動、陰と陽のような二人。似てるかと言われると――。

「おい、明日菜を困らせるなよ」

「そもそもお嬢ちゃん、悠真とどないな関係や？　まさか、彼女――」

「従業員です！」

「従業員だ」

　ハモる私たちを律真さんはニヤニヤしながら見ている。どうしたらいいのかと困っていると、律真さんに背を向けて柘植さんが歩き出す。

「行くぞ、明日菜」

「あ、はい」

「ちょ、二人とも待ってや」

「あの……」

「いいから、放っておけ」

「酷いわぁ」

追いかけてくる律真さんを無視すると、柘植さんは無言のまま歩いていく。そんな柘植さんの後ろ姿を追いかけながら、どこからか笑い声が聞こえた気がした。ふと手の中の女雛を見ると、もう中身はないはずなのに、心なしか楽しげなオレンジ色の感情が見える気がした。

◇◆◇

そのあと、私たちは柘植寺へと行き、女雛とそして男雛の右手を一緒にお焚き上げをした。隣で般若心経を唱える柘植さんの姿をこっそりと盗み見る。その姿はどこからどう見ても。

「柘植さんって、お坊さんなんですね」

「ここを継ぐこともない、お気楽な三男坊だけどな」

読経を終え、まだ少し残る火を見つめながら柘植さんに話しかけると、軽口を叩くように柘植さんは言う。その答えに、もう少し深く問いかけてもいいのか迷っていると、手につけた数珠を見つめながら柘植さんはポツリと呟いた。

「この仕事が嫌で家を出たはずなのに、結局は自分も同じことをしてるなんて笑えるな」

「……嫌いなんですか？　お寺の仕事が」

思わず尋ねていた。けれど、私の質問に質問で返した。

「寺の仕事ってどんなだと思う？」

「え、故人を弔ったり、こんなふうに人形に憑いた魂をあの世に送ったり……」

「前者はそうだが後者は違う。だいたい僧侶だからってみんながみんな霊が見えたり感じたりとかそんなことあるわけないだろ。親父や一番上の兄貴はビジネスとして割り切ってやってる。見えようが見えなかろうが構わないんだ。それで依頼者の気持ちが晴れるなら読経だってお焚き上げだってする」

思いも寄らない言葉に、私はなんと言っていいのかわからなくなり黙り込む。そりゃあ、私だってみんながみんな霊が見えたり死んでしまった人の魂が見えるなんて思ってたわけじゃない。でも、それでもお寺や神社の人はそういうものの存在を感じられるんじゃないかとどこかで夢見ていた。

　ショックを受ける私に、柘植さんは言葉を続ける。

「そんな親父達と違って俺や律真は本当に霊が見えて苦しんでいる様子や悲しんでいる様子を小さい頃から目の当たりにしてきた。律真はあんな性格だから上手くそれを利用して親父達と一緒にビジネスをしてるみたいだが、俺は駄目だった。逆に俺の力を吸い取ろうとしてくる奴ら（霊たち）に取り込まれそうになるぐらいだ」

　今日の柘植さんはやっぱりどこか饒舌だ。この場所がそうさせるのか、少しは私のことを信頼してくれたからか。後者だと嬉しいのだけれど。

「親に抗ったりもしたけど、結局社会に馴染むこともできないままこうやって送魂を生業としてる。情けないな」

「柘植さん」

「悪い、変な話しちまったな。もう火も消える。帰るか」

「柘植さん！」

　それっきり柘植さんは何かを言うことはなかった。

　そろそろ帰ろうか、と完全に消えた火を見ながら私たちは柘植さんのお兄さんに挨拶をしてお寺を出た。ご住職であるお父さんは今日は所用があるらしく不在だった。

ちなみに長男である柘植さんのお兄さんはこれまた柘植さんとは全く違うタイプの、なんというか実直、堅実、それでいてこれぞ僧侶という見た目の方だった。三人並ぶとバラエティ豊かというかこうまで兄弟でタイプが違うのかと不思議に思う。

「んじゃ、行くか」

「はい」

行きに歩いた山道を再び二人で歩く。そんな私たちに後ろから来た車がクラクションを鳴らした。振り返るとそこには真っ白のレクサスがいて、運転席からは律真さんが手を振っていた。

「乗りーや。駅まで送るわ」

「いいんですか？」

「おう。悠真もはよ乗り」

「……こんなのいつ買ったんだ？」

「ちょい前にな」

助手席に柘植さんが、後部座席に私が乗ると、律真さんは不服そうな声を上げた。

「そこはお嬢ちゃんが助手席やない？　何が楽しいて弟を助手席に乗せなあかんのや」

「いいからさっさと出発しろよ」

「お前、俺にえらい偉そうやないか？」

「知るか」

ブツブツと文句を言う律真さんの隣にいる柘植さんは紛れもない弟の顔をしていた。普段は落ち着いていて何事にも動じなそうな柘植さんなのに、やっぱり家族の前では見せる顔が違うんだなぁとマジマジと後ろから見てしまう。そんな私の視線に気づいたのか、律真さんとバックミラー越しに目が合った。

「どないしたん？」

「あ、えっと」

まさか柘植さんが弟の顔をしているのが珍しくて見てましたなんて言えるはずもなく。何かごまかせないかと考えた結果、私は一つの疑問を投げかけた。

「そ、そういえば律真さんは車に乗られるんですね」

「ん？　どういう意味？」

「柘植さんが京都は観光客が多いから車で走りたくないって言ってたので」

「へぇ、こいつそないなこと言うてたん」

私の言葉に、律真さんはおかしそうに笑う。柘植さんはというと、真っ白な感情にどんどん磨きがかかっていく。あれはどちらかというと虚無に近い気がする。そんな柘植さんの態度に気づいているだろうに、律真さんはハンドルを握ったままお構いなしに続ける。

「この辺は車がないと生活するには厳しいてな。山の中に寺があるやろ？　せやから、麓に下りて買い物するんも全部車が必要なんや。こいつも十八で免許取ってからすぐに乗り回しとったわ」

「へぇ！」

柘植さんにもそんな時代があったなんて意外だ。今はこんな感じだけれど、もしかしたら若い頃はもっとやんちゃをしていたのかもしれない。

「でな、こいつそのときよそ見しとって電柱に突っ込んだんや」

「え、ええ!?　そ、それは大丈夫だったんですか？」

「馬鹿か。大丈夫だから今ここにいるんだろ」

「そ、それはそうですけど」

あまりの衝撃に、思わず聞き返した私を柘植さんは呆れたように鼻で笑う。そんなこと言われても、普通電柱に車で突っ込まないし、そんなことになったと聞いたら心配するに決まってる。

私の反応に律真さんはくつくつと笑うと、駅近くに車を止めた。けれど、そこは行きに見た嵯峨嵐山駅とは違っていた。ここはいったい。

「続きは悠真から聞きや。ほな、この辺でええやろ」

「ここ、どこですか？」

「ん？　ここはトロッコ列車の亀岡《かめおか》駅や」

いまいちどこかわからないまま車から降りた私に律真さんは言う。トロッコ列車というとつまり――。

「嵐山の、ですか⁉」

「せや。いうてここは亀岡やけどな。せっかく嵯峨野まで来たのに寺しか行ってないっていうのも風情がないやろ。せっかくやさかい、乗って帰り」

「で、でも」

私は助手席から降りてきた柘植さんの方を見る。こんなの絶対嫌がると思ったから。けれど、意外にも柘植さんは全てを受け入れたような表情と感情の色を浮かべていた。

「いいんですか？」

「いいも何も、こいつが走らせてた道はここに向かってたからな。送ってもらったんだ、文句は言えねえだろ」

「そういうこと。ほな、またね。……あ、そうや。明日菜ちゃん」

ちょいちょいと手招きされ、私は運転席の方に近づく。そんな私の腕を引っ張ると、律真さんは私の身体を引き寄せた。

「なっ」

「あいつのこと、頼むな」

「え……？」

「それから、お姫さんのことおおきにね」

それだけ言うと、律真さんは私に手を振って、そのまま元来た道を車で去っていった。

残されたのは、私と柘植さんだけで。

「何言われてたんだ？」

「え、あ……女雛のこと、ありがとうって」

「そうか。んじゃ、行くか」

「え、ホントに乗るんですか？」

「嫌なのか？　嫌なら――」

「乗りたいです！」

意気揚々と駅に向かって歩き出す私に、柘植さんは冷たい視線を向ける。けれど、それには気づかないふりをして私は切符売り場へと向かった。

切符を買おうとすると、後ろからやってきた柘植さんが窓口の人に話しかけた。

「リッチ号の空席はありますか？」

「リッチ号？」

「はい、お二席でよろしいでしょうか」

「お願いします」

手早くお金を払うと、柘植さんはチケットを受け取る。手渡されたチケットで改札を進むと、長い階段を降りた先にホームはあった。

タイミングよく来たトロッコ列車には平日というのにたくさんの人が乗っている。私はどの車両に乗ればいいのかわからず、先を歩く柘植さんの腕を掴んだ。

「待ってください。どれに乗るんですか？　それにリッチ号ってなんですか？」

「リッチ号っていうのは窓ガラスがない特別な車両なんだ」

「窓ガラスがない？　どういうことですか？」

「乗ればわかる」

その言葉通り、先頭車両であるリッチ号には窓ガラスがなかった。そこには枠組みがあるだけで、手を伸ばせば窓の向こうにある自然に触れられそうだった。

「い、いいんですか？　こんな素敵な席」

「いい。せっかくなんだから一番いい席に座っとけ」

「はい！」

ソワソワしながら、窓はないけれど窓際の席に座らせてもらう。その隣には当たり前だけれど柘植さんが座る。普段よりも近い距離にどうしてか少し緊張する。

バスや電車に一緒に乗ったことはあるけれど、そのときはどちらも立っていたからこんなふうに意識することはなかった。でも――。

「おい」

「ひゃ、ひゃい」

「なんだ、その返事は。そろそろ出発するぞ」

　柘植さんの声に意識を戻すと、アナウンスが入り、そろそろ出発すると告げていた。ガタン、という音とともにトロッコ列車が動き出すと、森林の中を列車は走り出す。

　しばらく走ると、視界の先に渓流が見えた。

「これは……？」

「保津川《ほづがわ》だ。今はいないが、タイミングが良ければ川下りをしている船が見られる」

「川下り！　すごい！　私、やったことないです！」

　大きな岩に川波がぶつかりしぶきを上げる。

　トロッコ列車から流れるように過ぎ去る渓流を見つめ、そして私は視線をそちらに向けたまま柘植さんに話しかけた。

「柘植さんは情けなくなんかないですよ」

　返事はなかった。でも、それでよかった。

「あと、お経を読む柘植さん、カッコよかったです」

「……そりゃ、どうも」

　ポツリと聞こえた返事。姿は見えないけれどきっとその感情の色は薄らと赤や黄色、橙色といったポジティブな色に染まっているだろうと、そう感じた。

第四章　祇《ぎ》園《おん》祭《まつり》と腹話術人形のジロウちゃん

季節はすっかり夏となり、盆地である京都は夏日を通り越して真夏日となる日も少なくない。七月の半ばでこんな気温なら、八月になればどうなるのか、頬を流れる汗を拭いながら不安になる。

夏休みを迎えた京都は連日たくさんの人で賑わっていた。平日も休日も関係なく、それこそ朝早くの電車で京都に向かう人の姿を尻目に、私は無幻堂へと向かう。

突然会社を首になり、なんとか再就職してからもうすぐ一ヶ月。随分と京都の街にも仕事にも慣れてきた。

店の前まで来て、看板を見る。『無幻堂』と書かれた文字に、そういえばと首を傾げる。普通『むげん』という言葉に漢字を当てるとすると夢や幻で『夢幻』になる。けれど無幻堂の漢字はそれとは違う。何か、意味や意図があるのだろうか？

機会があったら聞いてみよう。そう思いながらお店の中にはいると、廊下の向こうにゆらゆらと揺れる真っ白の尻尾が見えた。

「あら、明日菜。おはよう。今日は早いのね」

「詩さん、おはようございます」

先輩従業員の詩さんは、私が到着したときにはもうすでに仕事に取りかかっていた。昨日、あまりの多さに今日に回したぬいぐるみが何体かあると言っていたのでそれだろう。

「あ、こら！」

逃げようとするウサギのぬいぐるみを口に咥えると、そのままいつもの奥の部屋へと戻っていく。真っ白な毛並み、ピンと立った耳、そして長い尻尾をゆらゆらと揺らしながら歩く姿はどこからどう見ても猫なのだけれど、当たり前のように喋る詩さんが何者なのか、今も私は知らない。出会った頃は気になったけれど、今は気にならなくなった。と、いうか見た目が猫でも喋っても詩さんは詩さんだから。

「おはようございます」

「……おはよう」

玄関を入って右手の襖を開けると、応接間には真っ黒の着物に深緑色の羽織を着た柘植さんの姿があった。いつものように落ち着いた真っ白の感情を纏いながら——あれ？

「何かあったんですか？」

「……あった」

やっぱり。

いつもは真っ白な柘植さんの感情に、灰色が混ざっているのが見えた。いったい何があったのか。もしかして、私が昨日の終わりにした送魂、あれに何か問題があったのかもしれない。昨日は、柘植寺から送られてきた人形の数が多くて、私も何体か送魂をしたのだけれど、最後の子は自分が不用になったことを受け入れられなくて、どうしても送魂されるのを嫌がっていた。根気よく話をして、なんとかあの世に送ったのだけれど、もしかしてあの子が戻ってきてしまったとか……？

あり得る……。

「あ、あの。昨日の仕事、私何か失敗してましたか？」

「ん？　ああ、そういうことじゃない」

「そうですか、よかったぁ」

ホッと息を吐く。でも、私が失敗したのが原因じゃなければいったいどうしてこんなに気が重そうなのだろう？

「じゃあ、なにがあったんですか？」

「今日は外での仕事なんだが」

「あ、またどこか行くんですか？　私も行っていいですか？」

「……お前はこの時期の京都がどんなか知ってるのか？」

柘植さんの言葉の意味がわからず思わず首をかしげる。

この時期の京都って、京都はいつだって素敵な場所だし、たしかに夏は暑いけれどそれは京都以外の場所だって多かれ少なかれ似たようなものだ。そんなに嫌がるような要素はないと思うけれど。

「まあ、行ったらわかる。今日は近いから歩いて行くぞ」

「近くってことは四条のあたりですか？」

「いや、八坂神社の近くだ」

「八坂さん！　私、春の八坂さんに一度行ってみたいんですよね。しだれ桜が綺麗だって前にテレビで見たことがあって。あー、今が春ならよかったのに」

「春だったらもっと大変なことになってるぞ。いや、今の時期は春よりもっと酷いか」

ポツリと呟いた柘植さんの言葉の意味がわかるまで、そう時間はかからなかった。

◇◆◇

準備を終え、私たちが店を出る頃には午前十時を過ぎていた。あまり早い時間に依頼主のところに行くわけにもいかないから仕方がないのだけれどこの時間の京都、それも夏休み期間中の京都は――人、人、人で溢れていた。

祇園に向かう道も、私たちの進行方向とは反対の四条大橋方面に向かう道も、歩道から溢れるんじゃないかと思うぐらいの人数が歩いている。

「す、すごいですね」

「今日はまだマシだ。これが祇園祭の前祭《さきまつり》の宵山《よいやま》や山鉾巡行《やまほこじゅんこう》と重なってみろ。人間で身動きが取れなくなるぞ」

「…………」

想像しただけでゾッとする。でも、山鉾巡行は一度ぐらい見てみたい気も。そう、例えば——。

「ちなみに、前祭の宵山は木曜から土曜、山鉾巡行は日曜だからな。行くなら勝手に行けよ」

「ま、まだ何も言ってないじゃないですか！」

「顔に書いてある。寂しけりゃあ詩でも連れて行ってこい」

「あ、それもいいですね」

外を歩く分には詩さんと一緒でも別におかしくはない。お店には入れないけれど、まあそれは後日一人でくればいいことだし。

「外で詩に話しかけて変な目で見られないようにな」

「う……」

その様子があまりにも容易に想像できて、苦笑いを浮かべることしかできない。けれど、一緒に行く友人もいないし、これは一人寂しく行くか諦めるかのどちらかしかないかもしれない。もしくは変な目で見られることを覚悟で詩さんと一緒に行くか。

とりあえず、宵山は今週末らしいし、もう少し悩んでおこう。

祇園祭のことは少し頭の片隅に追いやって、私たちは八坂神社までの道のりを人を避けつつ歩く。あまりの人の多さと暑さにクラクラするほどだ。

無言のまま歩き続けるのもしんどくて、でも何か話すような話題も――。

「あ、そういえば」

朝、お店の前で気になったことを思い出し、私は口を開いた。

「『無幻堂』ってどうして『無幻堂』って言うんですか？」

「は？」

質問の意図が伝わらなかったようで、柘植さんは眉間に皺を寄せると怪訝そうな表情をこちらに向けた。私は慌てて説明を付け加える。

「あ、あの。今朝、看板を見てて気になったんです。普通は『むげん』っていう言葉って夢と幻という漢字じゃないですか。なんか意味があるのかなって」

「ああ、そういうことか」

何かを考えるような表情を浮かべたあと、柘植さんは口を開いた。

「幻なんて何一つもない、見えているものが全てで、現実なんだ、と。動く人形も、見えるはずのない魂なんてもんも、全てはまやかしだと、そういう思いを込めた店の名前だ」

吐き捨てるように言う言葉に、どうしてか胸が苦しくなる。いったい何があって、そんなふうに思うようになったのか、そう尋ねられるだけの距離に、私はまだいない。だから。

「そうなんですね、私はてっきり人形たちの存在も幻じゃなくて、全部現実なんだと、あの子たちが生きているのも動いているのも、幻じゃないんだって、そういう意味だと思ってました」

「……そう、か」

私の言葉に柘植さんは、なぜか少し驚いたような、気の抜けたような表情を浮かべていた。私の言葉が、柘植さんにどういうふうに届いたのかはわからない。でも、先ほどよりも表情が柔らかくなったことに、少しだけ頬が緩んだ。


ようやく人が少し落ち着いたかな、と思えたのは四条通を抜け、八坂神社西楼門前の交差点を渡り、左折した頃だった。ちなみに直進すると八坂神社、右折すると清水寺まで歩いて行けるらしく、たくさんの人がそのどちらに向かうのが見えた。

「こっちだ」

依頼主の家は、八坂神社から少し歩いた場所にある雑貨屋さんの二階にあった。急な階段を上がると、その部屋に彼はいた。

言葉を発することはなくても、水色を纏ったその人形は深い悲しみに包まれていた。その姿に、一目で魂が宿っていることがわかった。

「……これは」

「腹話術人形のジロウちゃんです」

そう言って説明してくれたのは、下で雑貨屋さんを営んでいる大峰《おおみね》さん。年齢は柘植さんと同じぐらいかもう少し若いぐらいだろうか。彼が今回の依頼主だそうだ。

「本当にお手数をかけて申し訳ないです」

「やけにボロボロですが」

少し離れたところからジロウちゃんを観察しながら、柘植さんは大峰さんに尋ねる。崩れ落ちかけた身体、かろうじて服だとわかる布、なのに、目だけはギョロッとさせて、部屋の入り口にいる私たちを見つめていた。

「そうなんです。ここに来る前は広島で、その前は高知で子ども向けの玩具や雑貨を扱うお店をしていまして。その頃、友人に譲ってもらったジロウちゃんを看板息子としてお店に置いていたんですが子ども達に大人気で」

大峰さんは目を閉じると、懐かしそうに話し始める。

「学校の帰りに店の前を通って、ジロウに『ただいま』と言って帰る子や、お母さんに怒られてジロウの隣で膝を抱えている子、引っ越しをすることになって『ジロウと離れたくない』と泣き出す子までいたんですよ」

「とても愛されていたんですね」

「ええ。時にはジロウの取り合いをすることもありました」

「ああ、それで」

きっと放り投げたり、引っ張ったりと、子どもたちが全力でジロウちゃんと一緒に遊んだのだろう。服は何度も縫い直された跡があるけれど、今では修復不可能なぐらいにボロボロだ。手足も取れかかっていて、動かしてしまえば崩れ落ちてしまいそう。

「本来ならそちらにお持ちしなければいけないということはわかっていたのですが、この状態なので動かしてしまえばきっともう元には戻せないと思い。かといって、友人が大切にしていたジロウちゃんを捨てることもできず。それならせめて、形が残っているうちに送ってやっていただければと思ったんです」

「わかりました」

大峰さんの言葉に頷くと、柘植さんは一歩踏み出した。次の瞬間、掠れたようなそれでいて悲痛な叫びのようにも感じる声が聞こえた。

「タロウは、どこですか？」

その場にいた全員が、声の主に視線を向ける。それまで目玉を動かすことしかしなかったジロウちゃんが口を開き、ハッキリと自分の意志を声に出した。

「タロウはどこにいますか？　タロウの元に帰してください」

「ジロウちゃんが、喋った」

「そんな、まさか……」

私が知らなかっただけで目玉が動くぐらいだから喋ることもしたのかも、そう思い大峰さんに視線を向けるけれど、私以上に驚愕の表情を浮かべるジロウちゃんの今の持ち主の姿がそこにはあった。

「お前は喋ることができたのか？」

混乱している大峰さんに確認することを諦めたのか、柘植さんは淡々とした口調でジロウちゃんに問いかける。ジロウちゃんは柘植さんを一瞥すると、顔を背けた。

「タロウが他の人間の前では喋るなと言うから喋らなかっただけです。あなたたちが僕の魂を勝手に消そうとなんてしなければ、タロウとの約束を破らなくて済んだのに」

「約束……」

「まあいいです。喋ってしまったものは仕方ありません。タロウには謝ることにしますので、とにかく僕をタロウの元に帰してください」

「それは、できない」

柘植さんの言葉にジロウちゃんは悲鳴にも似た声を上げた。

「どういうことです!?」

「お前の魂は送魂させてもらう」

「や、やめてください！　僕に何をする気なんですか⁉　こ、こっちに来ないで！」

一歩踏み出そうとした柘植さんに向けて、ジロウちゃんは赤い感情を纏う。警戒し恐れているようだ。柘植さんはどうするつもりなんだろう。このまま無理やり送魂してお焚き上げをしてしまうのだろうか。

私はジロウちゃんをジッと見つめる。警戒や恐れの向こうにあるのは——悲しみだ。

「ねえ、どうしてそんなに悲しそうなの？」

「おい」

勝手に口を挟んだ私を柘植さんが咎めるけれど、言わずにはいられなかった。だって。

「ジロウちゃん、凄く辛そうだから」

「僕が、辛い？」

私の言葉にジロウちゃんは鼻で笑うように言った。

「何を言ってるんだか。僕の中にあるのはね、タロウに対する怒りだ。僕を置いていったあいつへの怒り。それしかない！」

「きゃっ」

増幅された感情が部屋の物を巻き込んで、辺りに吹き飛ばす。油断していた私の方にも、部屋のどこかに落ちていたのかペーパーナイフのようなものが吹き飛んできて腕をかすめていった。

「おい、大丈夫か⁉」

「は、はい。ちょっと切っただけなので」

けれど、柘植さんは私の腕を掴むと引き寄せて目の前のドアを閉めた。

傷自体は深くなさそうだけれど、引っ張られるとピリリと痛い。紙で指先を切ったときのような痛みが腕に走る。

そんな私の傷口に、柘植さんはリュックから取り出した水で濡らしたハンカチを当てた。

「そ、そこまでしなくても大丈夫ですよ。かすり傷ですし」

「馬鹿野郎！　ああいう奴らから受けた傷は、普通の傷とは違うんだ！　きちんと手当しないと――」

「柘植さん……？」

「ちっ。もういい。今回の仕事は俺一人でやる。お前は店に戻ってろ」

柘植さんは、私の身体を廊下に押し戻す。口調とは裏腹に、その表情は、そして纏う感情はなぜか苦しそうに見えた。

「ど、どうしてですか⁉」

「足手まといなんだよ」

「えっ」

そう言ったかと思うと、柘植さんは一人でジロウちゃんのいた部屋へと戻っていく。ドアは閉められ、あとには私と大峰さんだけが残された。

悔しい。何も言い返せなかったのが。そして、その通りでしかなかったことが。

この一ヶ月、何の役にも立ってなかったとは思わない。いくつか送魂もしたし、随分と一人でできることも増えた。でも、それでも柘植さんや詩さんの足下にも及ばないのは事実で。私にできることなんて、柘植さんでも詩さんでもできる。でも、二人ができなくて私にできることなんて、何一つとしてないんだ。

「あの……」

「っ……すみません、お見苦しいところを見せて。きっとジロウちゃんは柘植さんがきちんと送魂してくれると思いますので」

涙を堪えると、必死に微笑む。でも、堪えきれなかった涙が目尻から伝い落ちる。慌てて下を向いた私の頭上で、大峰さんの声がした。

「……それで、いいんですか？」

「…………」

いいわけない。いいわけがないけれど、でも実際、私が役立たずなのは事実で。柘植さんがやると言った以上、私がここにいてもできることは――。

「あなたはジロウちゃんが辛そうだと、悲しそうだと言ってましたよね。あれはどうしてですか？」

「どうして、というか……ジロウちゃんの感情が悲しみを表す色をしていたから。それだけです」

「他には？　何かわかったことはありませんか？」

他の人からすると俄《にわか》には信じられないであろう『感情の色』の話のはずが、大峰さんは当たり前のように問いかけてくる。大峰さんを包むのは黒と紫が入り混じった色。その色が伝えてくるのは、そんな些細なことなんてどうでもいい、それ以上にジロウちゃんのことを心配しているという、大峰さんからジロウちゃんへの深い深い愛情だった。

その態度がジロウちゃんへの想いから来ているものであることはわかっている。けれど、あまりに自然に受け入れてくれる大峰さんに安堵した。気味悪がられることも、それから疑われることも覚悟していたから。

私は息を吐き出すと、目を閉じ先ほどのことを思い出す。そして静かに口を開いた。

「……怒りしかないってジロウちゃんは言ってましたけど、あの言葉を言った瞬間、後悔とそれから泣きそうな気持ちが伝わってきました。もしかしたらジロウちゃんは持ち主の人に捨てられたと思っているのかもしれません。だからずっと、悲しくて、それで寂しかったのかも」

「そう、ですか」

大峰さんは辛そうに天を仰ぐ。何かを思い出すかのように。

「あの……？」

「ああ、すみません。ジロウちゃんの持ち主のことを思い出していて」

「持ち主、ですか？」

大峰さんは頷くと、ぽつりぽつりと話し始めた。

「ジロウちゃんの持ち主——園部《そのべ》は俺の幼なじみで、名前を太郎《たろう》と言いました。福祉施設や子ども病院を回ってお年寄りや子ども達にジロウと一緒に腹話術をして楽しませていたんです」

幼なじみということは、ジロウちゃんの持ち主だった園部さんという方もそう年は変わらないだろう。なのに、大峰さんが彼のことを話すときに全て過去形で話すのが妙に気になる。

「その人は、今……」

そんな私の中の不安を否定してほしくて、あえて尋ねた私の問いかけに、大峰さんは小さく首を振った。

「五年ほど前に、癌で」

「そんな……！」

「あいつは俺にそれを知らせることなく、ただジロウを頼むと言って持ってきたんです。

まさかそんなことになってるなんて知らず、預かるだけだと思っていたのに……」

　大峰さんの足下に、小さなシミができる。今、彼がどれほどの悲しみの中にいるか、感情の色を見なくてもわかる。五年も前のことをまるでつい昨日のことのように言う彼は、きっとジロウちゃんと同じぐらい園部さんのことを想っていたのだろう。

　そんな彼に、私ができることはなにかあるだろうか。柘植さんや詩さんのように、特別な力を持っていない私に──。

「園部、さんは」

　必死に言葉を選んで、私は目の前で心に深い傷を負っている大峰さんに届くように声をかけた。

「園部さんはきっとジロウちゃんを弟のように想っていたんじゃないでしょうか」

「……え？」

「ほら、園部さんの名前は太郎でしょう？　太郎は長男に、ジロウは──次男につける名前ですし」

「そう、かもしれないですね」

「そんなジロウちゃんを、自分が亡くなったあと託せるのは、きっと大峰さんしかいないってそう思ってジロウちゃんを大峰さんに預けたんだと思います。自分の大事な弟分を、大峰さんならきっと大切にしてくれると思って」

「うっ……うぅっ……」

大峰さんは涙を流す。嗚咽混じりの泣き声を聞きながら、私はそっと背中をなで続けた。

大峰さんが落ち着いた頃、そういえば柘植さんが入ったまま室内で物音がしていないことに気づいた。ジロウちゃんはどうなったのだろう。

話しかけても、いいものか。

一瞬、躊躇したけれどもしかしたら柘植さんの身に何かあったのかもしれないと思い、私はドアをノックした。

「あの、柘植さん。大丈夫ですか？」

「……入ってこい」

「え、あ、はい」

恐る恐るドアを開けるとそこにはジロウちゃんを見下ろすように立つ柘植さんと、そしてその足下で静かに涙を流すジロウちゃんの姿があった。

「え、ど、どうしたんですか？」

「……僕、ずっと捨てられたんだと思ってた。太郎にはもう僕はいらないんだって、だから大峰のところに行けって、言われたんだと思ってた。でも、そうじゃなかったなんて」

ドア越しに、私と大峰さんの会話が聞こえていたらしい。ジロウちゃんは肩を震わせていた。

「ジロウちゃん……」

「ずっとずっと悲しかった。ずっと寂しかった……でも、僕は捨てられたわけじゃ、なかったんだね」

「当たり前だろう！　太郎はずっとジロウちゃんのことを大事にしていた！　それはジロウちゃんが一番よく知ってるだろう！」

大峰さんの言葉に、ジロウちゃんはボロボロになった頭でなんとか頷いた。その拍子に、右腕が外れて床に転がってしまったけれど、気にすることもなく。

「おい」

「え？」

それまで黙っていた柘植さんが唐突に口を開いた。ジロウちゃんはビクッと震え、左肩まで崩れ落ちてしまう。

そんなジロウちゃんに柘植さんは言う。

「人形やぬいぐるみのうちお焚き上げに出されるものがどれだけいるか知っているか？」

「え、し、知らないけど」

「お焚き上げに出されるよりもはるかに多くのぬいぐるみや人形たちが、燃えるゴミや粗大ゴミとしてゴミの日に出されている。こんなふうに俺たちみたいなやつに依頼して、供養してくれって言ってくる人間の方が稀だ」

柘植さんの言いたいことがわかった。

「だからな、お前はちゃんと愛されてることに気づけ。前の持ち主にも、それから今の持ち主にも」

「……あぁ」

ジロウちゃんはそこでようやく大峰さんの方を向いた。もうボロボロで身体のパーツはほとんどなくなってしまったけれど、ギョロッとした目で大峰さんを見つめて、そしてその目から涙を流した。

「タロウがいなくなってから、僕はずっと大峰と一緒だった。子ども達が僕の服を破ったときも、腕を引っ張って抜けてしまったときも、いつだって大峰が治してくれた。猫に耳をかじられたときも、犬に椅子から落とされたときも、いつも、いつも」

「ジロウちゃん……」

「ずっと一緒にいてくれたのに、僕は……僕は……」

「ジロウちゃん！」

私の横をすり抜けると、大峰さんは泣きじゃくるジロウちゃんのボロボロになった身体を抱きしめた。

「俺こそ、今までずっと一緒にいてくれてありがとう。もう俺は大丈夫だから。あっちで、きっと園部が待ってる。早く、会いに行ってやって」

「大峰……。ありが、とう。本当はずっと君と話してみたかった。君が泣いているときも、苦しんでいるときも、僕はそばにいることしかできなかった」

「そんなことない！　ジロウちゃんにどれだけ助けられてきたか。いつの間にかジロウちゃんのことを、俺は家族のように……」

大峰さんの瞳から大粒の涙がこぼれ落ち、ジロウちゃんの表面が剥がれ落ちた頬を伝い落ちる、その瞬間、ジロウちゃんの身体はピンク色の、幸せ色の感情に包まれた。

「ありがとう。もっと早く、こうやって気持ちを伝えれば、よかった」

そう言うと――ジロウちゃんの身体は、力を失ったようにその場に崩れた。あとにのこったのはぼろきれとなった布と、崩れ落ちた身体のパーツ、それからもう動くことはないあの二つの目を宿した顔だけだった。

◇
◆
◇

私たちはできるだけ丁寧にジロウちゃんの残骸を集めて箱に詰め大峰さんのところをあとにした。さすがにあの場所ではお焚き上げをすることができなかったので、お店に戻ってからということになったのだ。

無言のまま隣を歩く柘植さんに視線を向ける。足手まといだった私のことを怒っているのだろうか。もう不用だと思われていたらどうしよう。今度口を開くときは、クビを――。

「おい」

「ごめんなさい！　何でもするんで、クビだけは勘弁してください！　もっとお人形やぬいぐるみに入ってる魂のこと勉強しますし、今日みたいなヘマはしないので……！」

「何を言ってるんだ？」

「だ、だってクビにするんじゃあ……」

「誰がそんなこと言った。そうじゃなくて、怪我はどうだ」

「怪我、ですか？」

すっかり忘れていた腕の傷を確認する。まだ薄らと跡は残っていたものの、よく見ないとわからないぐらいに赤みは引いていた。

忘れてました、明るくそう言おうと思ったのに、私を見つめる柘植さんの瞳があまりにも真剣で、私は言葉に詰まりながらも頷いた。

「もう、大丈夫です」

「そうか、ならよかった。店に戻ってからもう一度処置をするが、少しでも体調におかしなところがあれば言え」

「はい……」

本当にいったいどうしたと言うのだろう。

理由はわからないけれど、いつもと違う柘植さんの態度は、どこか私を不安にさせた。

お店に戻った柘植さんは、ジロウちゃんのお焚き上げの前に私を呼んだ。

「腕を見せろ」

「は、はい」

「……こっちに来い」

庭へと連れていかれたと思うと、奥にあった井戸から柄杓《ひしゃく》で水をくむ。そしてそれを私の腕に直接かけた。

「つ、冷たい！」

この季節、水がかかっても気持ちいいと思うことはあっても冷たくてビックリすることなんてないはずだ。なのに柘植さんにかけられた水は、まるで真冬の冷水のようにひんやりとしていた。

「我慢しろ」

「あら、明日菜。どうしたの？」

「……腕に傷を負った」

「大丈夫なの？」

柘植さんの言葉に、詩さんの声のトーンが変わったのがわかった。

「わからん。一応、その場で応急処置もした。今も聖水で洗い流した」

「そう。……明日菜、あなた身体に変なところは？　重さやしんどさ、息苦しさを感じたりはしていない？」

「は、はい。……あの、かすり傷程度だと思うんですけど」

「……普通の傷なら、ね。あなたがつけられた傷は、この世のものではないモノにつけられた傷よ。私たちはそれを霊障と呼ぶわ。それは普通の傷とは違うの」

「霊障……」

そういえば、柘植さんもそんなことを言っていた。でも、普通の傷じゃないってどういうこと？　疑問に思うけれど、二人の真剣な様子に聞けずにいると、詩さんがため息を吐いたのがわかった。

「何が何だかわからないって顔をしてるわね」

「うっ」

「ああいうモノにつけられた傷はそこからよからぬ力が入り込むことがあるの」

「よからぬ、力」

「そうよ。酷いときには魂の欠片が入り込んで身体を乗っ取ってしまうことすらあるわ」

「身体を……そんなこと」

ありえないと、口走りそうになり、けれど詩さんの目を見てやめた。その目は痛いぐらいに真剣だったから。

口ごもる私に詩さんは柘植さんの方を向く。そして柘植さんは——着物の衿に手をかけると、上半身をあらわにした。

「きゃっ！」

思わず目をそらそうとした——その瞬間、私の目に飛び込んできたのは胸から腹にかけて斜めに入った切り傷のような跡だった。ううん、切り傷というよりこれは。

「引っ掻き傷……？」

「ああ。お前のそれと同じ、この世のモノではないものにつけられた跡だ」

「そんな……！」

「もう何年も前のものだが薄れることも、消えることもない」

「どうして……」

ショックで身体がガタガタと震える。こんな大きい傷跡、だってこんなの。

「怖いか。怖いなら悪いことは言わない。もうこの仕事は辞め——」

「柘植さんが、無事でよかった……」

「なっ」

「本当に、よかった」

その場にへたり込んだ私を、柘植さんが呆れたように、そして詩さんは笑いながら見つめていた。

「あんた、いい度胸してるじゃない。自分の怪我よりも過去の悠真を心配するなんて」

「だ、だってそんな大きな怪我、無事でよかったって思うに決まってるじゃないですか！」

「だって。悠真」

「……馬鹿なやつ」

「似たようなもんでしょ」

詩さんの言葉に、柘植さんはそっぽを向いてはだけた着物を直す。私はというと、二人が何の話をしているのかいまいちわからず、でもなんとなく二人の感情と場の空気が穏やかになったことを感じてホッと息を吐き出した。


その日から、私は仕事に行くたびに柘植さんに傷口のチェックと体調の確認、そしてあの冷水を傷口にかけられた。

でもそのおかげかどんどん傷跡は薄くなり、週末が来る頃にはすっかりわからなくなっていた。

「このお水、本当に凄いですね！　こんなに綺麗に治るなんて！」

「馬鹿。これが効くってことは、お前の受けた傷が霊障によるものだっていう証明みたいなもんだ。本当はこんなもん効かない方がいいんだ」

柘植さんの言葉に、私は疑問に思っていたことを尋ねた。

「柘植さんの胸についた傷跡は、このお水でも消えないんですか？」

「消えない」

その一言があまりにも重くて、私はそれ以上何も言えなくなる。触れるなと、そう言われてる気がして。

黙り込んでしまった私に、柘植さんは咳払いを一つすると思い出したかのように言った。

「お前、土日の予定は」

「明日は祇園祭へ行こうかと思ってます。本当は今日、仕事帰りに行こうかと思ってたんですが、もう疲れ果てて。帰って寝たいです」

山鉾巡行も見たいのだけれど、その日は屋台が出ていないらしいので断念した。屋台のない祭りなんて。NO屋台NO祭り！　それにしても、今日の仕事はハードだった。特に、逃げ出したハムスターのぬいぐるみを追いかけて庭中を探し回ったから。なんとかお店の敷地から出る前に見つけられて本当によかった。

ハムスターとの格闘を思い出しながらため息を吐いた私に、柘植さんは淡々とした口調で言う。

「そうか。んじゃ、その前にここに寄れ」

「……え？」

一瞬、言われている意味がわからなかった。でも、すぐに理解して、そしてドキッとした。もしかして、と思ったから。

でも、そんな期待を打ち砕くように柘植さんは何でもないように言う。

「それの消毒、休み中もした方がいいからな」

「あー、はい。わかりました」

ガッカリした自分に笑いそうになる。何を期待してたんだか。

そうだ、せっかくここに来るなら、詩さんを誘って行こう。たくさんの人が来るらしいし、猫と喋る人間が一人ぐらいいたって、そこまで目立つことはないだろう。うん、そうしよう。

私は濡れた腕を拭きながら休みに思いを馳せた。


そして翌日、土曜日。この日の京都は――ひっっじょうに混んでいた。夏休みだとか平日でも混んでるだとかそんなことを思っていた自分を笑い飛ばしたい。朝から電車は満員で、座ることはおろか立って乗るための隙間を確保するので精一杯だ。私が乗る茨木市駅からは特急・準特急・準急・普通と出ているのだけれど、普段は時間がかかるのでガラガラの普通まで人でいっぱいだった。こんなにもたくさんの人が京都に、おそらく祇園祭に行くということに恐れおののく。

これは冗談抜きに諦めて帰った方がいいのかもしれない。とにかく消毒をしてくれると言っていたからお店までは行こう。そのあとのことはそれから考えよう。

電車の中も人は多かったけれど、電車から降りてからも人と人の隙間を進んでいく。たいていの人は四条大橋を渡るとそのまま祇園方向に四条通を進んで行くので、そこを左に曲がるとようやく人の波から解放された。

「し、しんどかったぁ」

あの人混みの中では息をすることも苦しくて仕方がなかった。ふうっと一息吐いて、私はお店への道のりを歩く。

もともと、こちらの道は観光名所になるようなところもなくメイン通りからは少し外れていた。それでも今日はあちこちに人がいるのだから祇園祭の効果というのは凄い。電車で後ろに立っていたカップル曰く、今年は前祭の宵山と土曜日が重なっているのも大きいらしい。

「こんにちはー」

いつもの出社時間よりも遥かに遅く、こんにちはというよりはこんばんはに近い時間だった。出迎えてくれた詩さんは意外そうな顔をした。

「あら、今日は休みの日なのにどうしたの？」

「柘植さんから消毒をするから来るようにと言われて」

「悠真が？　へぇ？」

詩さんはおかしそうに笑う。その笑いの意味がわからない私は、首をかしげながら詩さんに問いかけた。

「柘植さんいます？」

「悠真ならそこの部屋にいるわよ」

「ありがとうございます」

いつもの部屋を指さされ、私はお礼を言ってお店に入った。そっと襖を開けると、柘植さんはいくつかの人形を前に読経をしている最中だった。そうだ、私は土日祝休みという条件で仕事をしているけれど、全国各地から送られてくるお焚き上げを希望する人形達は土日だろうが祝日だろうが構わず届くのだ。そんな中、私の消毒のために手を止めさせるのは申し訳ない。

開けた襖をそっと閉めると、私は詩さんを振り返った。

「忙しそうだから、やめとこうかなって」

「ふうん？　じゃあ、ちょっと腕を見せてみなさいよ。あたしが代わりに見てあげるわ」

「え、あ、はい」

詩さんの言葉に、私は羽織っていたカーディガンを脱いで、右肩を露出した。消毒してもらいやすいようにカーディガンの下にはノースリーブのワンピースを着ていた。

「あら、随分と綺麗になったじゃない」

「ですよね！　やっぱりあの聖水って凄いですね」

「そうね。これなら、もう消毒しなくても大丈夫よ」

「ホントですか？　よかったぁ」

仕事の邪魔をしなくていいことにホッとする。私の不注意で負った怪我のせいで、休みの日まで働いている柘植さんの手を止めさせるのは申し訳ない。

「じゃあ、私帰りますね」

本当は詩さんを誘って祇園祭に行こうかと思っていたのだけれど、柘植さんが仕事をしているということは必然的に詩さんも仕事をしているだろう。それを邪魔するわけにはいかない。

「悠真に声かけなくてもいいの？」

「はい。それじゃあ、また火曜日に」

頭を下げると、私はお店を出た。

さて、今から目星をつけていたお店に行こうか。でも、今日はさすがにどこに行ってもいっぱいだろうなぁ。と、なると本に載っていない名店を探すべき？　色々と考えながら、四条通に向かって歩いていると後ろから、誰かに手を掴まれた。

「えっ」

驚いて振り返るとそこには——知らない男の人が二人立っていた。

お酒くさい……。

まだ夕方だというのにすでに酔っ払っているのか、赤い顔に酒臭い息を吐きながら、その人は私の腕を掴んだままニヤニヤと笑っている。

ヤバい。

そう思ったときには遅かった。

「ねえ、お姉ちゃん。一人で祇園祭行くの？　俺ら一緒に行ってあげてもいいよぉ」

「け、結構です」

「結構です、だって。かぁわいいー。ねえねえ、可愛い格好してるのに一人じゃ寂しいでしょ？　ほら、一緒に行こうよ」

「や、やめてください！」

必死に腕を振り払おうとするけれど、男の人の力には敵わない。ギュッと握りしめられたままの腕が痛くて涙が出そうになる。

「あーあー、泣きそうになってんじゃん。ほら、こっちこっち。周りの人から見えないようにしてあげるからおいで」

「――放して！」

「おい」

私が捕まえられた手を振り上げるのと、その手を――栢植さんが掴むのが同時だった。

瞬間的に男達と私との間に入り、私の視界は栢植さんの背中で遮られた。その背中からは、真っ白の中に黒と赤が――威圧と怒りが混じっていた。

「栢植さん……」

ホッとして思わず名前を呼んだ。そんな私には構わず、栢植さんは目の前の男達に冷たく問いかけた。

「何やってんだ」

「あん？　兄ちゃん、誰だよ」

「邪魔すんなって。俺ら、この子と遊びに行くんだからさ」

ニヤニヤと下卑た笑みを浮かべる男達の言葉に、栢植さんは私の方を振り返った。

「そうなのか？」

「ち、違います！」

「違うと言ってるが？」

必死に否定する私に一瞬視線を向けると、栢植さんは男達を睨みつけた。その迫力に、男達が怯むのがわかった。

「な、なんだよ。正義の味方気取りかよ」

「だいたい、お前この子のなんなんだよ」

「お前らに関係ないだろ」

それこそ『従業員だ』と言うのかと思ったのに、何故か柘植さんはぼかすような言い方をする。その口ぶりに、男達は何を勘違いしたのかヘラヘラと笑った。

「なんだよ、彼氏かよ。悪かったな、一人だと思って声かけたんだ。でも、そういうことはさっさと言えよな」

「そうそう。あーあ、時間無駄にした。もう行こうぜ。悪かったな、兄ちゃん」

「なっ、ちがっ……んんっ」

否定しようとした私の口を、柘植さんの手のひらが塞ぐ。男達は「あーあー、いちゃついちゃって」と囃し立てながら去って行った。

男達の姿が完全に見えなくなると、柘植さんは私から手を離した。

「ったく、何やってんだ」

「つ、柘植さんこそどうしてここにいるんですか？　と、いうよりさっきの！　誤解されたままですよ!?」

「あんなやつらに誤解されたくらいたいしたことない。それよりも面倒なことにならなかっただけマシだろ」

「それは、そうですけれど」

けれど、私としてはなんとなく、こう胸の中がざわつくというか、上手く言えないんだけれどモゾモゾする。

まあ、柘植さんが気にしていないのであれば私がこれ以上気にするのもおかしな話なのだけれど。

「で、どうして柘植さんはここにいるんですか？」

「お前こそどうしてこんなところにいるんだ。店に来いと言っただろ」

「行きましたよ！　でも柘植さんお仕事忙しそうだったから、詩さんが傷口を見てくれてこれなら消毒しなくても大丈夫だって」

「あの野郎」

「あら、失礼な言い草ね。あたしが教えてあげたから間に合ったんでしょう？」

どこからか現れたのか、ひらりと柘植さんの肩に飛び乗った詩さんがクスクスと笑う。

そんな詩さんを鬱陶しそうに、柘植さんは手で払った。

二人揃っていったいどうしたというのだろう。

「あの、えっと」

「ふふ、悠真はね、あなたにお詫びがしたかったんだって」

「お詫び？」

「おい！」

「何よ、本当のことでしょう？　自分がついていながら怪我をさせてしまった償いをしたかったのよね」

　本当ですか、なんて聞かなくても栢植さんの赤や紫が入り交じる感情を見ればその言葉が真実なのだとわかる。でも、私が感情を読み間違えている可能性もある。だって、そんな感情を栢植さんが……。

「なんだよ、悪いか」

　けれど、栢植さんが口にした一言で、詩さんの言葉が真実であると証明されてしまい、私は余計になんと言っていいかわからなくなる。だって、あの怪我は私の不注意であって栢植さんが悪いわけじゃない。完全に油断していたのだ。ロアンや女雛のことがあって私には人形達に訴えかけられる力があると。話せばなんとかなると。思い上がりもいいところだ。そんな私が怪我して、どうして栢植さんが責任を感じる必要があるのか。

「どうして……」

「跡、残らなくてよかったよ。悪かった。後悔してもしきれないことがあることを知っていたはずなのに、また同じことを繰り返すところだった」

　私を見ているはずなのに、栢植さんの視線は私を通して誰か違う人を見ているようで。

「栢植さん……？」

「ああ、いや何でもない。まあいい、行くぞ」

「え、行くってどこに」

「行きたがってただろ、祇園祭。一緒に行ってやるよ」

「お詫びって、もしかして……」

そのために、今日私に店へと来るように言ったのだろうか。

お詫びにと、私が行きたがっていた祇園祭を案内してくれるために？　あんなに人が多くて嫌がっていたのに、私の、ために。

「ふふっ」

「なんだ」

「いえ、なんでもないです。行きましょうか！」

「なんでも買ってもらいなさいよお。お詫びなんだから」

「おい！」

私たちは四条通へと向かう。そこは歩行者天国となっていて、たくさんの人で溢れていた。通りのあちこちに屋台が出ていて、たくさんの美味しそうな匂いが立ち込めている。

「あれ！　あれ食べたいです！」

「豚まん？　へえ、美味そうだな」

「あら、いいじゃない。あそこの豚まん美味しいわよ。買ってきてよ、悠真」

「……すみません、豚まん三つ」

屋台のおじさんから豚まんを受け取ると、私たちは通りの端の人が少ないところに移動する。柘植さんから受け取った豚まんは、頬張ると口の中に肉汁が溢れて熱いんだけどほっぺが落ちそうなぐらい美味しい。必死になってかぶりついてると、柘植さんが笑った。

「お前、子どもじゃないんだから」

そう言って私の鼻の頭についていた豚まんの欠片を取った。私は——。

「笑った」

「は？」

「柘植さんが、笑った！」

「お前、俺をなんだと思ってるんだ」

「だって、今まで笑ったところなんて見たことなかったですもん！」

そりゃあ苦笑いとかバカにして鼻で笑ってる姿は見たことあったけど、だいたいいつだって仏頂面で今みたいに楽しそうに笑っている姿なんて見たことなかった。

だから嬉しい。なんだか、凄く嬉しい。

「そうかよ」

「そうですよ。これからはたまには笑ってくださいよ」

「嫌だね」

「ケチ！」

軽口をたたき合いながら私たちは祇園祭の夜を過ごす。

こんな夜もたまにはいいと、心からそう思いながら。

閑話　思い出の贖罪と空に昇るマリオネット

祇園祭が終わりを迎え、八月になった。相変わらず観光客や夏休み中の学生達で溢れた街で、私は今日も無幻堂へと向かう。

曲がり角を曲がると、四条通の喧噪から一瞬で静寂へと変わる。この瞬間が私は好きだ。

祇園祭のあの夜、柘植さんとの距離は随分縮まったような気がしていた。けれど実際は。

「おはようございます」

「おはよう」

「あら、明日菜。おはよう」

玄関の扉を開けると、仏頂面の柘植さんと詩さんの姿があった。どこかへ出かけるところなのか、柘植さんはいつものように真っ黒な着物、それに濃紺の羽織を着て、さらにお焚き上げセットの入ったリュックを持っていた。

「送魂ですか？」

「ああ」

「私も——」

「駄目だ」

「まだ何も言ってないんですけど」

口にしなくてもわかる、とでも言いたげな表情で私を見ると、柘植さんはため息を吐きながらこめかみを指で押さえた。

「詩の仕事を手伝っとけ。俺は出る。午後には戻ってくる予定だ」

「……はーい」

玄関の扉が閉まるまでその背中を見送ると、私はため息を吐く。ジロウちゃんの一件から柘植さんの態度がおかしい。おかしいというか、過剰に過保護というか。

あの日から、柘植さんは私を人型や人形の送魂に関わらせてくれなくなった。数が少ないから、とかもう終わったとか言って私を送魂から遠ざける。結果として私の仕事は詩さんがする予定のぬいぐるみ達を部屋に持ってきたり、お焚き上げの準備をしたりするだけとなった。

本当に仕事がないのなら仕方がないけれど、柘植さんの様子を見るにそんな感じでもない。だから余計にモヤモヤするのだ。

でも、原因が私の不注意による霊障だとわかっているから何も言えずにいた。

「ま、気を落とさずにね」

「ありがとうございます」

足下で慰めるように言う詩さんに微笑みかける。

させてもらえないものは仕方ない。今はとにかく、自分にできることを一つ一つするしかないんだから。

「それじゃあ、やりましょうか」

「そうね」

私は詩さんと一緒に奥の部屋に行くために歩き出した。そのとき――。

「おはよう！　久しぶりやなぁ」

「え、あれ？　律真さん？」

「なあに、律真。また何か持ってきたの？」

玄関の扉を勢いよく開けて現れたのは、柘植さんのお兄さんである律真さんだった。派手な金髪に高そうなスーツを着崩してアクセサリーをじゃらじゃらつけている律真さんが柘植さんのお兄さんだなんて今も信じられない。

律真さんは人の良さそうな――ううん、人を誑《たぶら》かしてそうな笑みを浮かべると、玄関框に座った。

「またったって、そんなしょっちゅう来るわけやないしな？　ってことで、悠真おる？　ちょっと頼みたいことあるんやけど」

「柘植さんなら今、出てて。午後には戻ってくるって言ってました」

「マジかー。って、なんや明日菜ちゃん置いていかれたんか？」

「うっ」

図星すぎて思わず言葉に詰まる。そんな私を、ふうん？　という表情で見た後、律真さんは詩さんの方を向いた。

「何があったんや？」

「少し前に明日菜が霊障を受けちゃって。それで」

「ああ、そういう。あいつにも困ったもんや。けど、参ったな。悠真おらへんのか。うーん、どないしよかな」

「何かあったんですか？」

困り果てたように言う律真さんに私は声をかける。すると律真さんはパッと表情を明るくして私を見た。

もしかして、今の困っていたのは演技だったのだろうか。感情がいつも真っ白の柘植さんと比べて、律真さんの感情の色は上手くつかめない。限りなく透明に近くて、それでいて色々な色があるようにも見える。不思議な色だ。

「なんや、えらい見つめて」

「見つめてないです！　そ、それで何が参ったなんですか？」

「ああ、それ？　……せや、明日菜ちゃんに頼むわ」

「え、な、なんの話ですか？」

名案を思いついたとばかりの律真さんの隣で、詩さんがやれやれとでも言うかのようにため息を吐いた。

話についていけていないのは、おそらく当事者である私だけ。

「だ、だからなんの話ですかって」

「一件、送魂頼まれてくれへん？」

「は？」

聞き返した私の目の前で、律真さんは満面の笑みを浮かべていた。その隣で詩さんがもう一度ため息を吐いたのが見えた。

律真さんに言われた言葉をもう一度、反芻する。私の聞き間違いでなければ、今律真さんは私に送魂の依頼をした。いやいや、そんなまさか。柘植さんがいるならまだしも私一人で送魂なんてできるわけがない。と、いうことはきっと何かの聞き間違いだ。

「えっと、上手く聞き取れなかったのでもう一回言ってもらっていいですか？」

「そやさかい、明日菜ちゃんに送魂を頼んでるんや。明日菜ちゃんもここの従業員やろ？」

「そ、それはそうですけど。で、でもまだ試用期間ですし」

「そんなん客には関係ないやろ」

そう言われてしまうと、何も言えなくなってしまう。そんな私に律真さんはニヤリと笑う。そして鞄の中から何かを取り出すと、私に差し出した。それは、どこか懐かしさを感じるマリオネットだった。真っ赤な帽子を被り、チェックのシャツを着たその子はくりっとした目をこちらに向けた。

「そない難しいことやない。こいつの話を聞いたってくれたらええんや。明日菜ちゃん一人で不安やったら詩もおるやろ」

「あたしを頭数に入れないでくれる？　人型のこんな大きなサイズ、あたしには無理よ。だいたいあんたはいつも」

「いつも？」

詩さんの言葉が気にかかって、思わず尋ねてしまう。そんな私に詩さんは、呆れたような視線を律真さんから私へと移動させた。

「この子はこうやって、たまにどこからか拾ってきた野良依頼を持ち込むのよ」

「野良依頼？」

聞き慣れない言葉に首を傾げてしまう。

「野良やなんて言い方せんとってや。ただ俺が知り合いの子から直接依頼を受けてるだけやって」

「それで寺を通さずに悠真へと持ってきてるんだから、立派な野良でしょ」

「詩は相変わらず厳しいなぁ」

律真さんの言葉に鼻を鳴らすと「あんたが緩いのよ」と詩さんは言う。二人の会話から、今までもこうやって何度も送魂依頼を持ってきているのだろうと想像がついた。

「でも、柘植さんに言わずに勝手なことをするのは……」

「せやけど明日菜ちゃん、悠真に送魂を止められてるんやろ？　これはええチャンスちゃうか？」

「チャンス？」

その甘い響きに思わず聞き返してしまう。隣で詩さんがやめときなさいよって表情を浮かべているにもかかわらず。

そしてそんな私に、律真さんは相変わらず人誑しな笑みを浮かべたまま話を続けた。

「せや。今の悠真は明日菜ちゃんが心配でしゃあないんや。せやから明日菜ちゃんが一人でもやれるってところを見せたら悠真も安心して送魂を任せてくれるようになるやろ」

「…………」

「ちょっと、明日菜。こいつのいうことに耳を貸しちゃ——」

「そっか！　そうですよね！」

私は大きく頷くと、差し出されたマリオネットを受け取った。

「こんにちは。名前はなんていうの？」

「……マリオ」

マリオネットのマリオはぶすっとした表情を浮かべていた。赤い感情を纏ったマリオはどうやら何かに怒っているようだった。

「そっか。私は明日菜だよ。ねえ、マリオはどうして怒ってるの？」

「……だって、僕はまだやれるのに。全然壊れてないし、もっともっと子ども達を楽しませられるのに、なのにみんなしてもう僕はお払い箱だって言うんだ。どうして？　僕はもっと、もっと！」

マリオの大きな目からぽろぽろと涙がこぼれ落ちる。悔し涙を流すマリオはきっと自分の仕事に誇りを持ってたんだ。なのに、納得しないままお焚き上げに送られて怒っている。その気持ち、私には凄くわかる。柘植さんが心配してくれているのはよくわかってる。けれど、だからと言って仕事をまともに与えられずにいると本当に私はここにいていいのかわからなくなる。自分の居場所が見つけられなくて不安になる。

「そっか、それは悔しかったね」

「っ……わかって、くれる？」

「わかるよ。私も今似たようなものだから。でもね、今あなたがここにいるのはきっと今まであなたがたくさんの人に愛されたからだよ」

「愛……？」

「そう。そうじゃなければわざわざお焚き上げになんて送らないよ。燃えるゴミでも粗大ゴミでもなくて、お焚き上げのためにわざわざ送ったのは、あなたがあの世で幸せになれますようにっていう持ち主の人からの最後のあなたへの贈り物だと私は想うよ」

そうであってほしいと、そういう想いを込めて私はマリオに気持ちを伝える。

私の言葉に、マリオはしばらく考え込むように黙ると、ふにゃっとした笑みを浮かべた。そこにはもう怒りも不安もなく、ただただ幸せそうなマリオの姿があった。

「そっか、それなら仕方ないなぁ。僕が幸せになることがあの人の最後の願いなら、それを叶えない訳にいかないもんね」

そう言うと、マリオの身体はまるでそれ自体が発光体であるかのように光り出した。

「ありがとう、優しい気持ちを思い出させてくれて」

「そんなこと……」

「さようなら、送魂屋のお姉さん」

「っ……」

そしてマリオの姿は、光の中に消えた。残るのは、もう動くことのないマリオネットの人形だけ。

私たちはお焚き上げの準備をすると、マリオの身体を燃やす。読経は律真さんがしてくれた。柘植さんのとは違う読経に、どこか落ち着かない。でも、低くて優しい声で紡がれる読経はきっとマリオをあの世まできちんと連れていってくれるだろう。

「ありがとうな」

読経のあと、律真さんはポツリと呟いた。その言葉に、私は慌てて首を振る。

「わ、私は何も。たいしたことはしてないです。マリオと話をしただけで。それよりも律真さんもやっぱりお坊さんなんですね。読経、ビックリしました」

「まあ、小さい頃から何遍も聞かされてきたからな。寺の子なら当たり前や」

そういうものなのだろうか。

お寺の子ではない私にはピンと来ないけれど、律真さんがそう言うのであればそうなのだろう。

私たちは火の消えかけた燃えかすをジッと見つめる。そして完全に火が消えたとき、律真さんは口を開いた。

「悠真のこと、怒らんといてやってな」

「怒るだなんて。私が未熟なせいで責任を感じさせてしまって申し訳ないぐらいです」

「責任、か。……なあ、明日菜ちゃんは知っとるか？　悠真の腹にある傷のこと」

「知ってます。……と、いってもそれができた理由なんかは知らないですけど」

「そっか」

律真さんは庭に面した縁側に座る。そして私に手招きをした。

どうしようか悩んでいると、律真さんの隣に詩さんが座るのが見えた。

「って、俺がおいで言うたときは来んかったのに詩が来たら来るって酷ない？」

「まあ、人徳よね」

「猫のくせに」

「なあに？　引っかかれたいの？」

律真さんは爪を出す詩さんから慌てて距離を取る。そんな二人の姿がおかしくて、思わず笑ってしまう。まるで気が置けない友人のように話す二人の関係についても、いつの日か聞ける日が来るのだろうか。

そんなことを考えているとふっと寂しげな色が律真さんを覆った。

「悠真の腹の傷なぁ、あれはあいつにとって戒めなんや」

「戒め……？」

「悠真が子どもの頃から、この世のモノとは違うモノが見えたことは知っとる？」

「はい、柘植さんに聞きました」

「そうか。そのせいでな、いじめられることもあれば変なモノに付き纏われることもあった。俺も見えるけど、あいつほど力が強くないからそこまで何かあったわけやない。でも、あいつは俺よりもずっと大変な目にあってたんや」

もしかして、と思う。柘植さんと同じようにこの世のモノではないモノが見えているはずの律真さんが、どうして自分で送魂をせずに柘植さんに送りつけてまでしてもらっているのか疑問に思ったことがあった。でもそれは、しないんじゃなくてできないのかもしれない。そのための、力が足りないから。

でも、それじゃあどうして私は送魂することができるんだろう。

新しい疑問が私の中で湧き出た。でも、今はそれよりも柘植さんの話だ。

「そんな中、悠真がこの世のモノやないモノに襲われたことがあってな。腹の傷はそのときできたものや。で、そんな悠真を庇って従姉妹が死んでしもたんや」

「そんな……！」

「悠真はそのときのことをずっと後悔しとる。きっと今、明日菜ちゃんに送魂させへんのも、そのときのことを思い出してしもてるんやろな」

「でも、私はその人じゃないのに！」

「そんだけあいつにとって明日菜ちゃんが大切ってことや。嬉しいやろ？」

そうなのだろうか。それは私にとって喜ぶべきことなのだろうか。ううん、違う。そんなの。

「私は嫌です」

「明日菜ちゃん？」

「私は、柘植さんの思い出の贖罪のためにここにいるんじゃありません。どうしてそんなことで、私が喜ばなきゃいけないんですか。私は、柘植さんと一緒に人形達に宿った魂があの世に逝くお手伝いがしたいんです。守られたいわけじゃない、役に立ちたいんです！」

　自分でもどうしてこんなに熱くなっているのかわからない。でも、それでも律真さんの言葉は受け入れられなかった。

　薄らと浮かんだ涙を拭う。そんな私に何故か優しく微笑んだ後、律真さんは顔を上げた。

「だって、よ」

「え……？」

　そこにはいつの間に帰ってきたのか、柘植さんの姿があった。

　もしかして今の、聞かれた……？　でも、どうして柘植さんがいるの？　だって、戻ってくるのは午後だって言ってたのに。

　そんな私の疑問に、何でもないように律真さんが答えた。

「俺が連絡したんや」

「律真さんが？」

「そう。明日菜ちゃんに送魂してもらうわーって書いてな。いや、でもまさかこないに早く帰ってくると思わんかったけどな」

ケラケラとおかしそうに笑う律真さんに、柘植さんは忌々しそうに視線を向けた。

私は律真さんの言葉を聞いて、マジマジと柘植さんの姿を見る。たしかに、走って帰ってきたのか少し着物が乱れている。首筋がはだけ、足下も乱れているのがわかる。私を心配して急いで帰ってきてくれたのだろうか。

「あ、あの。仕事は？」

「終わらせてきたに決まってるだろ」

「そ、そうですよね」

ピリピリしている。触るとすっぱり切れるナイフのような柘植さんに、それ以上私は何も言えなかった。

「それで、送魂は」

「あ、えっとさっき終わりました」

「お焚き上げもしたのか。読経はどうした。律真か？」

「はい」

「そうか。……悪かったな」

ポツリと呟いた謝罪は一人でさせて悪かった、なのかここのところ送魂をさせなかったことに対する悪かったなのかはわからない。わからないけれど、もうどうでもよかった。

私は立ち尽くすように動かない柘植さんを見上げると、へへっと笑った。

そんな私に柘植さんは怪訝そうな表情を浮かべた。

「次の仕事は、ちゃんと私も連れていってくださいね」

「……足手まといにならないならな」

「はい！」

勢いよく返事をした私に、柘植さんはふっと優しい笑みを浮かべた。

「へえ、悠真も笑うんやなぁ」

「意外でしょう？」

そんな声が聞こえてきたと同時に、柘植さんの表情から笑みが消えた。そして。

「ああ、そうだ。土産があるんだが、お前らはいらないみたいだな」

「え、そないなこと言うてないやないか」

「そうよ、あたしたちだって食べるわよ」

「うるさい、寄るな」

駆け寄る詩さんと律真さんを柘植さんが迷惑そうに押しのける。そんな三人の姿があまりにもおかしくてつい笑ってしまう。

「さっさと来ないとこいつらに食べ尽くされるぞ」

「あー！　それは駄目です！　ちなみに何を買ってきたんですか？」

私は柘植さん達の背中を追いかけながら、ふと振り返って空を見上げた。
晴れ渡る空に登る煙は、マリオの行き先を示しているかのようだった。

第五章　過ぎ去りし日との邂逅と晴れ渡る空が流す涙

八月。五山送り火も終わり、まだ夏の暑さは残るものの、京都の街の賑わいも少し落ち着き始めてきていた。このまま夏が終わり、やがて木々が色づく季節になればまた一層の賑わいを取り戻す。その頃には私の試用期間も終わりを迎えるはずだ。

とはいえ、まだ一ヶ月以上あるので、失敗しないようにしなければ。そんなことを思いながら、額に流れる汗を拭い玄関の扉を開けた。

「すみません、お待たせしました」

扉の外には郵便配達の制服を着たお兄さんが立っている。どうやら今日の郵便物の中に、受け取りのサインが必要なものがあるらしく、手が離せない柘植さんに代わって私が対応することになった。

「いえ。こちらになります。あとこれが通常の郵便です」

赤と白の厚紙の封筒にサインをすると、何通かの封筒を手渡された。それらを手に店の中に戻ると、手前の応接間ではなく奥の和室へと向かった。そこにはスマホを片手にため息を吐く柘植さんの姿があった。今日は黒に近い濃紺の着物の上に黒の羽織姿なのだけれど、一つに結んだ真っ白の髪とのコントラストが相俟って、よく似合って見えた。

「トラブルか何かですか？」

眉間に皺をくっきりと作っている柘植さんに封筒を手渡しながら言うと、受け取った封筒を確認しながら口を開いた。

「依頼人からの電話は大したことなかったんだが、そのあとに律真からくだらないことでかかってきてな」

「お、お疲れさまです」

それ以上、なんと声をかけていいかわからず濁して答える私をよそに、柘植さんは一通の封筒をペン立てに挿さっていたペーパーナイフで綺麗に開けると「これか」と呟いた。

「写真、ですか？」

中から取り出されたのは、便箋ではなく一枚の写真のようだった。気にはなるけれど、勝手に見るわけにはいかない。もしかしたらプライベートなものかもしれないし。そうは思うけれど、プライベートな写真はそれはそれで興味があるようなないような。そわそわしている私に、柘植さんは冷たい視線とともに写真をこちらに向けた。そこに写っていたのは、ただの市松人形――ではなくて。

「ひっ」

「なんて声出すんだ」

「だ、だって」

必死に見ないように目を背けたその写真には、赤い着物を着た市松人形が写っていた。ただ一目見て普通とは違うことがわかる。切りそろえられていたはずの髪の毛は伸び、真っ白な頬にはつぶらな瞳から垂れた赤い液体が伝い落ちていた。まさか、魂が宿ったせいでこんなことに――。

「これはお化け屋敷で使われていた人形らしい」

「お化け、屋敷?」

「なんだと思ったんだ?」

本物のお化けかと思いました、なんて子どもみたいなことを言うのは恥ずかしくて「へへ」と笑って誤魔化してみる。けれど、そんな誤魔化しは柘植さんには通じないようで、見透かしたような目でこちらを見た。

「魂の入った人形は平気なくせに、こういうのは怖いのか」

「それとこれとは話が別です。だって魂の入った子たちは誰かに愛情を込めてもらったから、ああやって動いているわけじゃないですか。言わば愛情の結晶です。でもお化けは実態が何かわからないから怖いです」

「同じようなものだと思うがな」

不可解そうに首を傾げると、栢植さんは部屋の中央にある座卓の上に写真を置いて、他の手紙に目を通し始めた。

私は座卓の上に置かれた写真を薄目で見る。最初は怖いと思ったけど、ここに写真が届いたということは。

「この子も送魂依頼、ですか？」

「ああ。この夏までお化け屋敷で使われていたらしいが、古くなって新しい人形と入れ替えようと思ったら動き出したんだと」

「ずっと頑張ってきた子なんですね」

「みたいだな。古すぎて動かすと崩れ落ちそうだってことで、送魂しに来てほしいそうだ。ご丁寧に本体の写真を送ったと言っていたが、こうもタイミング良く来るとはな」

魂が入っている、と思ってもう一度写真を見ると、先ほど感じたような怖さはもうなくて、今まで頑張ってきたんだなと思うと、胸の奥が熱くなるほどだった。

「送魂して、無事あの世に送ってあげたいですね」

「そうだな」

私の言葉に、栢植さんが少しだけ表情を柔らげた気がした。

暫くして栢植さんのスマホに着信が入り、和室を出ていくのを見送ると、私は写真を座卓に戻した。手持ち無沙汰になってしまったので、さっきまで話をしていた仔ウサギのぴょこ太と話をしにいこう、と襖を開けた。その瞬間、僅かにできた隙間を、しゅるりと何かが通り抜けた。

「あれ？　詩さん？」

私の足下にはいつの間にか詩さんの姿があった。驚きつつも腰を下ろし、膝をつくと詩さんは私の膝に前足を乗せた。

「さっきのぬいぐるみたちならもう終わったわよ」

「わ、すみません。ありがとうございました」

「どうってことないわ」

長い尻尾を左右に振ると、詩さんは座卓の上に置かれた写真に気づいたようで、そちらに顔を向けた。

「これは？」

「ああ、それさっき来た依頼人さんからの写真らしいです」

「写真ねえ。たまにあるのよ、写真でこの人形のお祓いができませんかっていう依頼が。写真越しに送魂なんて、やり方があるなら教えてほし、い――」

「詩さん？」

写真に視線を向けたまま、詩さんは動かなくなった。「どうかしましたか？」と尋ねようとした瞬間、詩さんは真っ白の毛を逆立てて、写真に向かって威嚇するように唸り声を上げた。

「なんでこの子が……！」

「この子って、市松人形のことですか？　それなら」

「そうじゃなくて！　その後ろに写ってる京人形よ！　その子は……！」

「京人形？」

詩さんに言われて写真を見返すと、たしかに市松人形の後ろに別の人形が写っているのが見えた。ピンク色の着物を着たその人形は舞妓さんのように見えるけれど、これが京人形なのだろうか。

「うたさ……」

声をかけようとして、私は思わず口を噤んだ。逆立った毛より何より、詩さんの身体を怒りの感情が纏っていたから。

「おい、どうした。何を騒いで……詩？」

騒がしく思ったのか、眉間に皺を寄せ柘植さんが和室へと戻ってくる。けれど私たちを咎めるような声は、詩さんの姿が目に入ると困惑のトーンへと変わった。

「何があった？」

「わ、わかりません。さっきの写真を見て急に……。京人形がどうとか」

「京人形？　写真の後ろに写り込んでたやつか？」

怪訝そうな表情を浮かべながらも、視線は詩さんから離さない。詩さんは今にも写真を引き裂いてしまいそうなほどの怒りの色を浮かべていた。

写真を取り上げた方がいいのでは。そう思うけれど、今手を伸ばせば詩さんを刺激してしまいそうで躊躇ってしまう。けれど。

「返せ」

「あっ」

柘植さんは問答無用といった様子で写真を取り上げた。

「何するのよ！」

「お前が破きそうだからだろう。これは依頼人から預かった写真なんだ。破られてたまるか」

飛びかかろうとする詩さんを袖下でいなすと、袂に写真を入れた。

取り返すことができないとわかると、詩さんは畳の上から柘植さんを睨みつけるように見上げた。

こんな詩さんを見るのは初めてで、私はどうしていいかわからなくなる。

「じゃあ写真はいらないから、あたしも一緒に連れていきなさい！」

普段の詩さんは、出張での送魂依頼が来たとしても店で留守番をしていて付いてくることはない。それなのにどうして。

「理由は？」

「それ、は」

疑問に思ったのは柘植さんも同じだったようで、詩さんの言葉に対して静かにそして淡々とした口調で尋ねた。柘植さんの問いかけに、詩さんは言葉に詰まってしまう。

「……理由も話せないのなら、連れては行けない」

「……っ」

ハッキリと言う柘植さんの答えに、一瞬詩さんの眼光が鋭くなった気がしたけれど、それ以上何か言うこともなく詩さんは和室を出ていってしまった。

「はぁ」

眉間に刻まれた皺をさらに深くさせながら、柘植さんがため息を吐いた。普段は真っ白な柘植さんの感情に、どこか動揺や戸惑いといった色が混じっていた。

その姿に私は、そっと詩さんのあとを追いかけた。

そっとしておくのが正解なのかもしれない。行ったところで私になんて何もできないかもしれない。それでも、悲しみの感情に覆われた詩さんを一人にはしておけなかった。

どこに行ったのだろう、外に出ていれば見つけるまでに時間がかかるかもしれないと不安に思っていたけれど、存外に詩さんは早く見つかった。

「…………」

お店の一番奥、裏庭に面した縁側に詩さんは座っていた。怒りの感情は引き、そこにはもう悲しみしか残っていなかった。

隣に静かに腰掛ける。私に気づいた詩さんは、一瞬こちらを見たけれど、すぐに裏庭へと視線を戻す。裏庭を見ているようで、詩さんの目には違うものが映っているように感じられた。

――どれぐらい時間が経っただろう。庭に落ちる木の影の向きが変わり始めたころ、詩さんは漸《ようや》く口を開いた。

「あの子は、あたしがまだただの猫だったときに世話になっていた家にいた子なの。名前をアメというわ」

「詩さんが、まだ普通の――って、え？　詩さん、元は普通の猫だったんですか？」

「あんた、あたしをなんだと思ってたのよ」

「生まれつきの妖怪か何かかと……」

私の答えに、詩さんは呆れたようなため息を吐いた。

「そんなわけないでしょ。あたしたち猫又も元は普通の猫。長く生きすぎることで妖怪になるのは、猫も人形も一緒かもしれないわね」

「そうなん、ですね」

妖怪になるほどの長い時間、詩さんはいったいどこでどうやって暮らしてきたのだろう。猫の寿命は長くても十七、八年ぐらいだと聞いた覚えがある。つまり詩さんはそれ以上の年月を生きているということだ。そういえば、元々は写真の京人形の持ち主の家にいたということは、何があって柘植さんのところにいることになったのだろう。

そう考えると私は、柘植さんのことも詩さんのことも何も知らないのかもしれない。

「明日菜？」

「あ、いえ。えっと」

二人のことを知らないという事実が思った以上にショックで、いつもならそんなことをしないのに、私は詩さんから顔を背けて、ただ思うままに言葉を発してしまった。

「じゃあ今回の依頼主の方が、詩さんの以前の飼い主の方だった、ということですか？」

聞いてはいけないことを聞いた。そう気づいたときには遅かった。私の問いかけに、詩さんは悲しみの色を浮かべ、そして小さく首を振った。

「いいえ、それはないわ。あたしの元の飼い主、晴《はれ》はずっと前に亡くなっているの」

「え……。ご、ごめんなさい！」

「大丈夫よ、もう何十年も前のことだから」

優しく微笑んでみせるけれど、詩さんから伝わってくるのは悲しみと怒りがマーブルのように入り交じった感情だった。

「あの、話したくないなら無理に話さなくても大丈夫ですよ」

「……いいえ。悠真の言う通り、自分のことを何も話さずに一方的にこちらの願いを聞け、というのは横暴な話よね。……楽しくない話かもしれないけれど、聞いてくれるかしら」

「もちろんです！」

食い気味に言った私に、詩さんは「ありがとう」と言うと、もう一度優しく微笑んだ。

「晴に拾われる前のことはもうよく覚えていないわ。でも晴に拾われた日のことは今でもよく覚えてる。雨上がりの翌日、車が撥ねた泥水のせいで泥だらけになって彷徨っていた私を、人のよさそうな笑みを浮かべた二十歳そこそこの小娘が、自分の手が汚れるのも厭わずに拾い上げてくれたの。それが、晴だった」

晴さんの話を始めると、詩さんの感情が優しさと愛おしさの色へと変わったのがわかった。静かに、でも優しい表情を浮かべながら話す詩さんの言葉に、私は耳を傾けた。

「突然抱き上げられて普通なら逃げるんだけど、そのときのあたしにはそんな余力も残ってなくてね。されるがままに晴の手に抱かれて動物病院、そのあとは晴の家へと連れて帰られたわ。そこにいたのがさっきの京人形――アメだったの」

写真を見たときの詩さんとは違い、アメさんに対する怒りは感じられなかった。ただ優しく、愛おしい思い出を辿るように詩さんは語る。

「アメはなんていうか、変わってて」

「え？」

「アメが変わってるというか晴が変わってたというべきかしら。あたしが拾われたときにはすでに喋るアメと晴が二人で暮らしていたの」

「喋ってって、え!?　まさか魂が入っていたってことですか？」

　詩さんの言葉を疑うわけじゃないけれど、驚きを隠しきれなかった。今でこそ人形の魂に込められた想いをわかっているから、動く人形たちに恐怖心を覚えることはないけれど、この仕事を始める前であればいくら可愛がっている人形だとしても、突然話し出したり動き出したりすれば怖いし気味悪がったと思う。それなのに。

「よく言えば素直で純真。人を疑うことも、無闇に何かを怖がることもない、そんな子だったからこそ喋り出したアメのことを当たり前のように受け入れたのかもしれないわ。彷徨っていたあたしのこともね」

　詩さんの言葉に、私はジロウちゃんと園部さんのことを思い出していた。魂が宿って動き出したジロウちゃんを、園部さんは自然にまるで弟のように受け入れていた。きっと晴さんにとってもアメさんは、大切で愛おしい存在だったんだろう。

◇◆◇

　二人の絆に思いを馳せている私の隣で、詩さんは静かに話を続けた。

「ここが私の家だよ」

　随分と古びたアパートの二階に晴の部屋はあったわ。泥だらけのあたしを抱えたせいで、汚れてしまった服で部屋のドアを開けた晴を出迎えたのは、少し甲高い声だった。

「何その格好……って、あなた何を連れてきたの？」

「えへへ、ただいまぁ。そこで轢かれそうになってたから連れて帰ってきちゃった」

「来ちゃったって……」

「あ！　安心して！　ちゃんと動物病院には行ってきたから」

「そういう話をしてるんじゃないでしょ。もう、ここ動物飼っても大丈夫だったかしら」

　表情豊かに話すその声の持ち主が人形だって気づいたのは、部屋の真ん中に置かれたテーブルの上に立ち、呆れたような顔をしてこちらを見ている京人形の姿を見たからだった。

　人形は喋らないもの、そんな知識はあの頃のあたしにはなくて、ただ綺麗な服を着た小さな何かが喋っているとしか思ってなかったわ。

「私は晴。こっちはアメ。キミは……うーん、そうだな。キミは詩にしよう。ようこそ、詩。今日からキミは、私たちの家族だ」

　そう言って晴が笑った。

　あの日、あたしには詩という名前と、家族ができた。

ふんわりとした雰囲気を纏う晴としっかり者のアメ。二人はいいコンビに見えたわ。……少なくともそのときはね。あたしがそこに加わってからも、暫くは何の問題もなく過ごせていたわ。バイト代で晴があたしに高いキャットフードを買ってきて、晴自身の食べるおかずを削ってアメが怒ったり、うっかり窓を開けたまま寝ちゃって怒ったアメと一緒に布団をかけてあげたりと、三人での生活は上手くいっていた。幸せというのはこういうことを言うんだって、このままずっとこんな日々が続くんだって、そう信じていた。

でも、そんなわけがなかったの。……どんな人形も正常な意識を持ち続けることなんてできない。人形に宿った魂には、ただの人形だった頃にはなかった心も生まれる。真っ白な心にやがて不安や不満が積み重なっていく。その思いが消えることなく大きくなったとき——人形の心は暴走し、悪霊になってしまう。それをあたしに教えてくれたのは他でもないアメだったわ。

それは、あたしたちが知らないうちに。ううん、アメ自身も気づかないぐらい緩やかに、アメを蝕んでいた。

「アメ？」

「…………」

最初はほんの些細なことよ。晴がアメを呼んでも返事をしなかったの。機嫌が悪いのかしら、と思ったのはあたしだけじゃなかったみたいで、晴も「私また何かしちゃったかな」って困った顔をして心当たりを考えてたわ。けれど、アメの不可解な行動はそれだけに終わらなかったの。無視はやがて収まったけれど代わりに当たりがキツくなって。棘を含んだ言葉は晴を攻撃し続けたの。

「ねえ、アメ。あのね」

「何よ。どうせ碌な用もないんだから話しかけないで」

「……うん、ごめんね」

アメの悪意が込められた言葉にも、晴は優しく微笑みながら返事をする。そんな二人の姿を見ているのが辛くて苦しくて、どうしてアメはあんな態度を取るのか、あたしが人間の言葉を喋れたら晴の代わりに文句を言うのにって、そんなことばかり考えていたわ。

「ふふ、詩は優しいね。ありがと」

その頃のあたしにできることなんて、落ち込んだ晴の頬を舐めることぐらいで。それでも私が頬を舐めると晴は笑ってくれた。名前を呼ぶと、振り向いてくれた。だから、何度も何度も晴を呼びながら頬を舐めたわ。晴には「にゃあ」と鳴いているようにしか聞こえなくても。

でも、あんな形でそんな日々が終わりを迎えることなんて、望んでいなかった。

その日は、ジットリと暑い夏の日だったわ。前の日の夜に開けっぱなしにした窓から、けたたましいほど聞こえる蝉の鳴き声で目が覚めたの。同じタイミングで晴も起きたみたいで「今日も蝉が元気だねえ」なんて言いながら布団から身体を起こして、それでアメに声をかけたの。いつも通りに。

「おはよう、アメ」

明るく晴が声をかけるけれど、相変わらずアメの機嫌は悪いようで返事はない。――と、思ったけれど、その日は違ったわ。

「…………」

「え？　何て言ったの？」

どうやら聞こえないほど小さな声でアメは何かを言ったらしいの。久しぶりにアメが返事をしたことが嬉しいのか、晴は零れんばかりの笑みを浮かべてアメに近づいたわ。

危ない、と思ったときにはもう遅かった。

伸ばした晴の右手を、アメは手に持っていた扇で払うようにして――切り裂いた。

「……っ」

「あ……」

手のひらを押さえる晴の元に駆けつけると、傷は思ったほどではなくて、薄らと血が滲んだ程度だった。普通なら絆創膏を付けておけば数日程度の傷よ。普通なら、ね。

霊障が人に与える影響をアメが知っていたかどうかはわからない。でも、晴を傷つけたことにショックを受けたような表情を浮かべると、開けたままになっていた窓から飛び出していったわ。

残されたのは、呆然と立ち尽くす晴と、何もできない猫のあたし、それから晴を切り裂いた拍子に欠けて床に落ちたアメの扇だけ。

棒立ちのままの晴に「にゃあ」と呼びかけると、ようやく我に返ったようで、晴はアメが飛び出した窓枠に飛びついた。

「アメ！　待って、アメ！」

今にも窓枠を乗り越えて行きそうな晴の足首にしがみつくことしかできなかった。右足を枠にかけた晴は、もう片方の足も持ち上げようとして、あたしがしがみついていることに気づいた。

「詩……」

そのときの晴の顔は今でもよく覚えている。絶望と焦燥感と不安が入り交じって、今にも泣き出しそうな顔をした晴を。

「にゃあ」と鳴くと、晴は窓の外とあたしを見比べて、やがて窓枠にかけた足を下ろした。しゃがみ込んであたしの身体を持ち上げると、ぎゅっと抱きしめたわ。少し苦しくて、でもそれ以上に辛そうな晴を見ていると声を上げることも躊躇われて、静かにその頬を流れる涙を舐め続けた。

その日から、晴はすっかり変わってしまった。心ここにあらずといった様子で、窓の外を見てため息を吐いていることが増えた。けれど、やがて動くことすらも億劫になったのか、窓際で座り込んでいたのが横になることが増え、いつの間にか布団から起き上がることもしなくなったわ。そうなって初めて、私はアメがいなくなったからではなくて、晴の具合が悪いのでは、と気づいたの。

窓際に敷きっぱなしになった布団のそばで「にゃあ」と何度も鳴き続けたあたしに、根負けした様子で晴は右手を伸ばしたの。その手のひらには、ううん。手のひらだけじゃないわ。手のひらを起点として、手首を伝い、腕の方までどす黒い痣が広がっていたの。おそらく、身体にも。

でも、そんな痣を前にしてもあたしにできるのは鳴くことと舐めることぐらいで。手のひらに広がった痣を何度も何度も舐め続けたけれど、晴が身体を起こすことは二度となかった。そして——。

「にゃあ」

どれだけ鳴いても、もう晴はあたしを撫でてくれない。

「にゃあ」

どれだけ鳴いても、もう晴はあたしに微笑みかけてくれない。

「にゃ、あ」

どれだけ鳴いても——。

「は、れ」

気づけばあたしの口からは、今までとは違う音が出ていた。

「は、れ……。起き、て」

頬を舐めながら呼びかける。

「晴。もう、朝だよ」

何度も、何度も。けれど、晴は動かない。

「……起きな、さい、よ」

それは、聞き慣れた誰かの口調だった。もうここにはいない、きっともう帰ってこない、晴の大切な誰かの。

「いつまで、寝てるつもりなの。さっさと起きなさい。ほら、身体を起こして、顔を洗って……そんなだらしのない格好でいていいと、思って……るの……」

アメが戻ってくるのをずっと待っていたんでしょ。ほら、あなたの大好きなアメよ。よく似てるでしょ。だから、もう一度、目を開けて。あたしにじゃなくていいの。アメに向けてでいいから、笑って。呼びかけて——。

◇◆◇

「――初めてあたしが喋れるようになったのはそのときよ。動かない晴に何度も『晴？』って呼びかけたわ。もう遅いのにね……」

動かなくなった晴さんに寄りそう詩さん。何度も何度も名前を呼びかけて、その頬をざらついた温かい舌で舐める姿を想像すると、胸が苦しくなる。どんな想いでそばにいたのだろう。どれほど悔しかっただろう。

もしかしたら詩さんは、晴さんへの想いから猫ではなく猫又となったのかもしれない。ただの猫では、大切な人を助けることもできないから。

「……馬鹿ね、なんであんたが泣くのよ」

「え……あ……」

詩さんは、隣に座る私の膝に前足を乗せると、優しく頬を舐めた。いつの間にか自分が泣いていたことに漸く気づき、私は慌てて涙を拭った。悲しいのは詩さんであって私じゃないのに、私が泣くなんて。「ごめんなさい」と謝ろうとするより早く、詩さんは「ありがとう」と微笑んだ。

「晴のために泣いてくれてありがとう」

「……っ」

何か言おうとすると涙が溢れてしまいそうで、私は黙ったまま何度も首を振った。

「――結局、そのあとのアメの行方はわからないままだったの」

私の涙が止まった頃、詩さんはポツリと言った。

「晴が死んだことをきっかけに、アパートを追い出されたあたしも、悠真の実家に世話になるようになって、それっきりあのアパートには帰っていないわ。古かったからもう取り壊されたかもしれないわね」

寂しさと後悔が交じったような感情で詩さんは優しく微笑んだ。その笑顔に胸が痛む。

「……悲しい話を、させてしまってごめんなさい」

本当なら胸の奥に秘めておきたかったことだと思う。それなのに。

でも詩さんは小さく首を振った。

「いつかはきっと話さなきゃいけないって思ってたから。それに晴とアメと過ごした日々は悲しかった思い出ばかりじゃないわ。二人と過ごした日々を全て悲しみで塗りつぶすのは勿体ないから」

「詩さん……」

「あと、あんたには知っててほしかったの。魂宿った人形がどれほど危険な存在なのかを。危なっかしくて見てられないんだから」

その口調はまるで幼い弟妹に言い聞かせる姉の言葉のように聞こえた。

「……もしかして」

「どうしたの？」

「あ、いえ。その、詩さんのその口調ってアメさんの、ですか？」

「……どうしてそう思ったの？」

少し驚いたように詩さんは言う。その反応に、私は両手を振りながら慌てて否定した。

「ち、違うんです。あの、えっと」

聞いてはいけないことを聞いてしまった、そう思って焦る私に、詩さんは困ったように微笑みを浮かべた。

「問いただすつもりはないの。ただ、どうしてそう思ったのか、純粋に知りたくて」

詩さんの口調は静かで、いつも通りのようにも聞こえる。けれど、感情の色は動揺と、それから戸惑いを表して見えた。

「……なんていうか、詩さんが私に言う口調が、思い出話の中のアメさんと晴さんに重なって。しっかり者のアメさんがさっきみたいに晴さんにいっていたのかな、なんて」

「……そう」

「あ、で、でも晴さんと私が似てるとかそんな烏滸《おこ》がましい話ではなくて、雰囲気というかなんというか」

黙り込んでしまった詩さんに、必死で言い訳をする。そんな私に詩さんは柔らかく笑みを浮かべた。

「大正解よ」

「え？」

「晴が死んだことを理解しないまま、あたしはずっと話しかけてたの。『晴、晴』って。でもどれだけ呼んでも晴は返事をしてくれない。どうして返事をしてくれないかわからなくて、でもあたしが呼んでも駄目だってことはわかったの。……それで、アメなら。アメが呼んだら晴は返事をしてくれるんじゃないかって、こっちを向いてくれるんじゃないかって。馬鹿みたいでしょ」

「そんなことないです！　そんなこと、言わないでください」

自嘲するように笑う詩さんの言葉を遮るように否定した私に、「ありがとう」と言うと寂しそうに微笑んだ。

あの写真を見たときの詩さんは、アメさんへの怒りで覆い尽くされていた。けれど、本当に憎く想っているのなら、その相手の口調を今も真似るだろうか。

「詩さんは、アメさんのことをどう思ってるんですか？」

真っ直ぐに目を見て尋ねる私に、詩さんは――。

「殺したいわ」

そう、冗談めいた口調で言う。けれど、詩さんを取り巻く感情の色は、悲しみで満ち溢れていた。

「――そういう事情があるなら、さっさと話せ」

「柘植さん!?　いつからそこに……。っていうか盗み聞きなんてお行儀が悪いですよ！」

裏庭に面した廊下の端には、いつからそこにいたのか柱にもたれかかるようにして立つ柘植さんの姿があった。

「気づいてただろ」

柘植さんの言葉は私を通り越して詩さんへと投げかけられる。

「気づいてたわよ」

「え……」

どうやら詩さんは柘植さんがいることを承知の上で、先ほどの話を私に聞かせてくれたようだった。ほんの少しだけ寂しさを覚えていることに気づいて、自分自身の思い上がりに恥ずかしくなる。私にだから聞かせてくれたんじゃないか、いつの間にかそんなふうに思っていたらしい。そんなこと、あるわけないのに。

恥ずかしさから俯いてしまった私の耳に、詩さんが柔らかく笑う声が聞こえた。

「ほら、顔を上げて。……もう、そんな顔しないの」

その言葉に顔を上げると、呆れたように、でも優しく詩さんは私を見つめていた。

「悠真が聞いているのには気づいていたけど、あんたにだから聞いてほしいってあたしは思ったの。悠真はついでよ。話す手間が省けてちょうどいいって思っただけ。あんたにじゃなきゃきっと話せなかったわ。……聞いてくれてありがと」

「詩さん……」

その言葉が詩さんの本心であることが私には真っ直ぐに伝わって来た。ずっと人の感情が見えることで、顔色を窺い、自分の気持ちを押し殺すようにして生きてきた。本心ではないことを言ったこともあった。こんな能力なんてなければよかったのにと泣いた夜もあった。でも、無幻堂に来てから、何度も何度もこの能力に助けられてきた。今だって、この能力がなければ詩さんの言葉を優しさから言ってくれているのだと捻くれて捉えていたかもしれない。

滲みそうになる涙を指で拭い取った。この能力のおかげで詩さんの言葉を信じることができた。でも、いつかはこの能力に頼らなくても信じられるようになりたい。大切な人たちの言葉ならなおさら。

そんな日が、来るだろうか。

私は詩さんと柘植さんへ視線を向ける。言葉を交わさずとも、二人は通じ合っているように思う。……きっとそんなことを言えば否定をされるだろうけれど。

でも、二人のように私もなりたい。二人と、私もそうなりたい。

「さっきの、いつの話だ？」

「あんたに拾われるずっと前の話よ」

「あっそ」

興味があるのかないのかわからない柘植さんの相づちを聞きながらふと疑問が浮かび上がった。

「そういえば、二人はいつから一緒にいるんですか？」

「この子が子どもの頃に拾われたのよ。……猫又を拾うなんて酔狂な子よね」

「俺が無視して死なれでもしたら、寝覚めが悪いだろ」

「はいはい、そういうことにしといてあげるわよ」

詩さんは尻尾を振りながら、含み笑いをしてそう言った。それ以上、二人がそのことについて何か言うことはなかった。もしかしたら何かあったのかもしれない。何もなかったのかもしれない。でも今の私では、これ以上深入りすることはできないし、しちゃいけない気がする。

いつか聞かせてもらえるようになれたらそのときは、感情の色に左右されることなく、二人と会話ができる。そんな気がした。

「まあ、しょうがないから今回は連れていってやるよ」

そう言いながら柘植さんは先ほどの封筒の裏を向けた。

「ただどうやって行くかだな」

「遠いんですか？」

「いや、電車を使えば近いんだが」

柘植さんは詩さんに視線を落とす。つられるようにして私も詩さんを見た。

「こいつをどうするかだな」

「あ、そっか。猫を連れて電車に乗るとなると」

「キャリーケージに入れる必要が出てくるな」

「それは」

詩さんが嫌がるのでは、そう思ったのは私だけではないようで、柘植さんも眉間に皺を寄せた。けれど。

「入るわよ」

「え？」

「何を驚いてるのよ」

詩さん本人はと言えば、あっけらかんとした口調でそう言った。

「それに入らないと行けないんでしょ。それなら入るわよ。そんなことぐらい、あの子が帰ってくるのを待ち続けた晴の苦しさに比べたらどうってことないわ」

「詩さん……！」

「まあどうしても我慢できなくなったら出るから気にしないで」

「そうですね……って！　いや、駄目ですって……！」

あまりにも当たり前のように言うので、思わず納得しそうになって慌てて否定する。そんな私を詩さんが笑って、柘植さんがため息を吐く。

こんな日常がいつの間にかとても大切な時間になっていたことを思い知らされる。

もしあの写真に写っていたのが本当にアメさんだとして、詩さんがアメさんと再会したあと、もう一度こんなふうに過ごすことができるのだろうか。

「……そんな顔するな」

「はい……」

手に持った封筒で私の頭を軽く叩くと、柘植さんは溜息を吐いた。

「詩も本当に殺しやしない。あいつはそこまで馬鹿じゃない」

「そう、ですけど」

それでも理性を感情が上回ることだってあるはずだ。それが大切な人のことだとすればなおさら。

納得しかねる返事をした私に、柘植さんは「あのな」と口を開いた。

「詩もこの一員だ。うちは何屋だ」

「送魂、屋です」

「だったら俺らがアメにしてやることは送魂だ。違うか？」

「違わ、ない、です」

そうだ、私たちには私たちにしかできないことがある。アメさんの魂を、晴さんのところに行けるよう導いてあげることはできないけれど、あの世に送ってあげることはできる。

「私、頑張ります」

「頑張るのはいいが、くれぐれも無茶をしすぎるな。あと張り切りすぎると碌なことがないからな。お前は行く場所の甘味でも調べてるぐらいでちょうどいい」

「な、酷くないですか!?」

あまりの言われように声を荒らげる私を柘植さんが笑う。その姿に私だけでなく、詩さんまで目を丸くしているのが見えた。

この時間を大切にしたい。でも、それ以上に苦しんでいる詩さんの気持ちが少しでも楽になればいい。

「私、頑張りますね」

もう一度呟いた私に、詩さんは尻尾をパタンと倒しながら「まあ、ほどほどにね」と髭を揺らして笑った。

手紙が届いた翌日、私たちは伏見稲荷《ふしみいなり》の近くにある依頼主の自宅へと向かった。詩さんは柘植さんがどこからか調達してきた薄緑色のキャリーケージの中に大人しく入っている。

「そういえば私、伏見稲荷って行ったことないんですよね」

お店から駅へと向かう道を歩きながら、私は隣を歩く柘植さんに話しかけた。ちなみに今日は阪急電車ではなく、京阪電車に乗るらしい。普段、阪急をメインで利用する私にとって京阪に乗るのは新鮮で、どこかの駅で見た『京阪のる人、おけいはん。』というキャッチコピーを思い出す。

「千本鳥居とかおもかる石があるところですよね！　神様の眷属《けんぞく》である狛狐《こまぎつね》を見るのも楽しみです！」

「またどこぞの雑誌の受け売りか」

「伏見稲荷周辺の甘味処もバッチリ調べてきましたよ！　この辺りのオススメはですね、自分でお団子を焼くことができるお店です！　そのお店の石焼きみたらし団子が本当に美味しそうで。動画を見ているだけでヨダレが――」

「そこは猫を連れて入れるのか？」

「あ……」

甘味について語り続ける私の言葉を遮るように言った柘植さんの言葉。その言葉に初めて、詩さんが入れないかもしれないという可能性に思い至った。

たしかに、雑誌に掲載されていた情報には、動物可かどうかまでは書いていなかった。

ううん、書かれていなくても普通は不可だ。飲食店で動物は盲導犬などを除くと基本的には厳禁だ。

「あたしのことはいいから、悠真と二人で行ってきなさい」

「嫌です！」

ケージの中から優しく言う詩さんの言葉を、私は即座に却下した。

「みんなで行くつもりでいたんですから！」

私の言葉に、一瞬の間のあと溜息と噴き出す声が聞こえた。

「みんなで行くつもりで動物可かどうか調べ忘れるって、お前にはこいつがいったい何に見えてるんだ」

「そ、それは」

「ふふ、ありがと。気持ちだけ受け取っておくわ」

「すみません……」

なんとも言えない空気に包まれたまま、私たちは祇園四条から京阪電車に乗り込み伏見稲荷駅へと向かった。

伏見稲荷駅のホームは、降り立った瞬間から厳かな雰囲気に包まれていた。

「凄い……ここって、まだ駅の中ですよね……」

「駅の中どころか、改札からさえも出ていないぞ」

「ですよね……」

ホームに聳え立つ朱塗りの柱に、思わず視線を奪われる。辺りをキョロキョロと見回したり、頭上を見上げてしまうのは私一人だけではないようで、周りでは同じような行動を取っている人が何人もいた。

「これでそんなに感動してたら、千本鳥居なんて見たら卒倒してしまいそうだな」

「見に行っていいんですか⁉」

「お前は今日、なんのためにここに来たんだ」

「う……すみません」

来たことのない場所に浮き足立っている、だけではなかった。こうでもしないと、気持ちがどうしても引っ張られてしまう。

今、ケージの中にいる詩さんの感情は静かで、でも時折憎悪や悔しさが入り交じる。そのまま呑み込まれていかないように、私にできることといえば精一杯明るくすることだけだった。

黙り込んでしまった私に、柘植さんは溜息を一つ吐くと「行くぞ」と言って歩き出す。私はケージをなるべく揺らさないようにしながらその後に続いた。

依頼主の平《たいら》さんの家は、駅から歩いて五分ほどのところにあった。伏見稲荷駅から伏見稲荷大社へ向かう道はどこからどう見ても観光地で、駅を出た人の大半はそちらに吸い込まれるようにして歩いて行く。対して私たちは、反対方向へと向かった。四条の辺りとは違い、近代的な住宅やマンションなども並ぶ道を歩いて行くと、平さんの家はあった。

「意外でした」

「何がだ?」

チャイムを押して待っている間、私は先ほどまで歩いてきた道を思い出していた。

「勝手なイメージなんですけど、京都ってどこも町家みたいな家が並んでるような気がしてて」

「んなわけないだろ。京都って言ったって広いんだぞ。ああいうのが未だに残っているのは一部だけだ。北部の方なんて、冬になればドカ雪が降る地域もあるんだぞ」

「ドカ雪……」

京都の北部、と言われてもいまいちピンとこないのだけれど、ドカ雪が降ると言われ、私の住んでいる茨木のことを思い出す。茨木市も大阪の中では北摂、京都に近い地域ではあるのだけれど、この数年は雪がちらつくことはあれど、積もったことなんて数えるほどしかない。そう考えると、同じ京都の中でも昔ながらの風景が残っているところ、新しい建物に変わっているところ、色々あってもおかしくないのだと思い知らされる。

嵯峨野のときもそうだったけれど、私は京都に対して勝手なイメージを持ちすぎているのかもしれない。ううん、京都だけじゃなくて自分が知らないもの全てに対して、そうなのかもしれない。

「お待たせしました」

音を立てて目の前のドアが開くと、そこには三十代半ばぐらいだろうか、なで肩で丸眼鏡をかけた人の良さそうな男性が立っていた。

「先日お電話をいただきました、無幻堂の柘植です」

「平です。わざわざ来てもろてすみません。すぐわかりましたか？」

「ええ、ご住所と事前に頂いていました地図のおかげで迷うことなく来られました」

「それはよかった。ところで、そちらは？」

平さんは視線を下げると、首をかしげながら尋ねた。慌てる私をよそに柘植さんは答える。

「すみません、猫なのですが、連れてきても大丈夫でしたか？」

「何か事情がおありのようですね。私どもは大丈夫ですよ」

快諾してくれたことに安堵しながらも、私は気が気じゃなかった。

「詩さん……大丈夫です……？」

「……ええ」

本当は気づいていた。駅を出てからこの家に一歩近づくたびに、詩さんの心がどんどんと荒れていくことに。何度も帰った方がいいのではと思いながらも、言い出せないままここまできてしまっていた。けれど。

「人形は、二階におります」

その言葉にハッとして、私は柘植さんに視線を向ける。だけど柘植さんは私たちの方を向くことなく、平さんに案内されるままに家の中へと入っていった。

「……あたしたちも行きましょ」

「……はい」

詩さんに促されるようにしながら、私は玄関へと足を踏み入れた。外から見たときよりも広く見える作りのその家は、あちらこちらにお化け屋敷で使うと思われる小道具や人形が置いてあった。二人はどこに行ってしまったのか、そう思っていると二階の廊下の奥から声が聞こえた。

「何をしてる」

「あ、す、すみません」

慌てて声がした方へと向かうと、襖の前に二人は立っていた。

「あの……」

「ここだそうだ」

ここに、アメさんが。

身構えてゴクリと唾を飲み込んだ音が、妙に耳の奥で大きく響いた。

「今からお見せしますが……どうかよろしくお願いします。市子《いちこ》をどうか……」

「市子？」

アメさんに新しく付けられた名前だろうか？　固有の名前がついていない人形は、持ち主が変わるたびに新しく名前を付けられたりする。

でも。ふと思う。私たちにはそれぞれに想いを込めて付けられた名前があって。それは自分を自分たらしめるもので、誰と一緒にいても変わることはない。私たちが普段意識していないだけで人形たちにも魂があって、なのにその時々で名前を変えられるということは、私たちには想像もできないほど悲しいことなのかもしれない。

「……あの！　その子、市子さんじゃなくて……！」

「え？」

「だから……！」

「明日菜」

その人形の名前は、と続けようとした私の口を、柘植さんの手のひらが塞いだ。

「なっ」

突然のことに動揺し、どうしていいかわからなくなる。唇に触れた手のひらの感触が、口を開くことを躊躇わせた。

「承知致しました。今回の人形の名前は市子さんとおっしゃるんですね」

「ええ。市松人形だから市子さん。安直、ですかね」

市松人形……？

柘植さんは私から手を離すと、静かに首を振った。

「そんなことありません。誰かのために名前を付けるというのは、人であれ人形であれ、そして動物であれ、大切に想っていないとできないことですから。彼女も市松人形に名前を付けているということに驚嘆し、思わず声を上げてしまったようです。驚かせてしまって申し訳ございません」

「そんなふうに言うていただけると、私も、そして市子も報われます。あの子は何十年も私や先代と一緒に頑張ってきてくれはったんで」

優しい表情を浮かべる姿に、平さんたちが市子さんのことをどれほど大切に想ってきたかが伝わってきて、私は申し訳ない気持ちでいっぱいになった。

私は今、この瞬間まで詩さんとアメさんのことしか考えられていなかった。今日の依頼は、市子さんを送魂することだというのに、市子さんのことを何一つ知らないどころか、知ろうともしなかった。

「…………」

自責の念に襲われる私の背中を、柘植さんがポンポンと優しく叩く。その手のぬくもりはまるで『失敗したなら取り戻せばいい』と言ってくれているようだった。

「私たちが精一杯、市子さんの魂を送らせていただきます」

頭を下げる柘植さんに倣って、私も腰を折る。私の頭上で平さんが「はい。よろしくお願いします」と寂しそうに言う声が聞こえた。

息を吐くと、柘植さんは平さんに頷いて見せる。それを合図に平さんは和室の襖を開けた。

昼間だというのに薄暗いその部屋からは、襖を開けた瞬間に冷たい空気が流れ出てきた。

「あなたたちだぁれ？」

その少し舌っ足らずな声は、部屋の真ん中に置かれた座卓の上から聞こえた。

平さんが部屋の電気を付けてくれると、和室の中が見える。部屋の中央に置かれた座卓の上に市子さんはいた。そして――。

「アメ……」

手に持ったケージの中から、詩さんの唸るような声が聞こえ、私は改めて和室の中を見回した。その人形は写真に写っていたのと同じ、部屋の隅に置かれた棚の上にいた。

「あれが、アメさん……。間違いないんですか……？」

私は詩さんにしか聞こえないぐらいの小声で尋ねる。ケージの中にいる詩さんがどんな表情を浮かべているかはわからない。だけど感情は痛いほどに伝わってくる。怒りと悲しみに包まれた詩さんの感情が。

「ええ。晴を傷つけたときに欠けた扇、あれが何よりの証拠よ」

言われて私は改めて人形へと視線を向ける。詩さんの言う通り、本来であれば何かを持っていたであろう手の先は、扇の根元を残して割れているように見えた。

「じゃあやっぱり、あれがアメさん……」

ただアメさんは棚の上で微動だにしない。私たちから見えているということは、向こうからも詩さんの存在が確認できているはずだ。なのにどうして――。

「明日菜」

「は、はい」

アメさんに気を取られていた私の名前を柘植さんが呼ぶ。そうだ、アメさんは気になるけれど、まずは市子さんだ。

そう思うのに。

「つ、柘植さん……！」

ケージに入っていたはずの詩さんの感情がどんどん増大していく。私が持っているはずのケージはカタカタと震え、その振動でカチリと音を立てて鍵が開いた。

「くそっ」

柘植さんは悪態を吐いたかと思うと、振り返り平さんに告げた。

「すみません、危険が伴いますので、暫く襖を閉めさせていただいてもよろしいですか」

「え、あ、ああ。はい、わかりました」

その気迫に押されたのか、平さんは戸惑いながらも一歩下がり廊下へと戻る。平さんが部屋から出るや否や、柘植さんは勢いよく、けれど静かに襖を閉めた。それと同時に、ケージから詩さんが飛び出した。

「きゃっ」

「大丈夫か!?」

詩さんが飛び出した拍子に、尻餅をついて転んでしまった私を心配して柘植さんが声をかけてくれるけれど、私も、そして柘植さんも視線は詩さんから離すことができない。

「これが、詩さん……」

いつもの真っ白で凜とした猫の詩さんの姿はそこにはなく――まるでいつか吹田《すいた》のいきものミュージアムで見たホワイトタイガーのような、そんな姿を詩さんはしていた。

一本だった尻尾は二叉となり、大きくなった身体中の毛を逆立て唸り声を上げている。

「理性を失ってやがる」

柘植さんの言う通り、今の詩さんに私たちの声は届いていないようだった。ただ一人、アメさんを除いて。

「アメ！」

「……何よ、うるさいわね」

「あたしは！　あんただけは許さない！」

「ふん、喋れるようになったからって生意気な口を利くじゃない。別にあんたに許してもらうつもりなんてないわ」

棚の上にいたはずのアメさんはひらりとその場所から飛び降りると、先ほどまで市子さんがいた座卓の上に着地した。

「……あれ？」

そういえば、市子さんの姿がない。襖を閉める前はたしかにあの座卓の上にいたはずなのに。

詩さんとアメさんのことは気になるけれど、私は私の仕事をしなければいけない。詩さんたちへ意識は向けながらも、あたりをキョロキョロと見回して市子さんの姿を探した。

「あ、いた」

襖のそばで縮こまるように立つ市子さんの姿を見つけ、私は慌ててそちらに駆けつけた。

「大丈夫ですか？」

「な、なんなの！　あの大きいのは！」

「えっと、猫、です」

「猫があんなに大きいわけないでしょぉ⁉」

市子さんの言うことはもっともで、そんな場合じゃないのに笑ってしまいそうになる。

何笑ってるのよ、と言わんばかりに睨まれて、私は苦笑いを浮かべた。

「それでも猫なんです。大切な人のためにただの猫であることを捨てた世界一飼い主思いの優しい猫なんです」

「……その気持ちは、わたしにもわかるわ」

市子さんは寂しそうにポツリと呟いた。

「ねえ、あなたたちはわたしをどうするために来たの？」

「私たちは……市子さんが何の未練もなくこの世とさよならできるようにお手伝いに来ました」

「……そっかぁ」

市子さんは少しだけ黙ったあと、詩さんたちへと視線を向けて、それからもう一度尋ねた。

「あの二人は、知り合いなの？」

「はい。ずっと昔に一緒に暮らした、多分家族みたいなものだと思います」

そうは言わなかったけれど、詩さんの口から語られる晴さんとアメさんの存在は、ただの同居人ではない、大切な家族について話しているように思えた。

「わたしも、ずっとここにいたらああなっちゃうの？」

「……その可能性は、高いです」

「そっかぁ。……大切な人のことがわからなくなって、大好きな人のことを傷つけちゃうのはいやだなぁ」

　視線は二人に向けたまま市子さんは寂しそうに言った。きっと二人と自分、そして平さんを重ねているのだろう。いつか市子さん自身が平さんのことを傷つける日が来てしまうことを恐れているのだろう。

「……ねえ、聡太《そうた》のところに連れていってくれる？」

「聡太……って、あ。もしかして平さんのことですか？」

「そう。せめてお別れと、それからありがとうを伝えたくて」

　市子さんの言葉に二つ返事で頷こうとして、私は柘植さんの方を見た。このままこの場所を離れてしまってもいいのだろうか。詩さんとアメさんはまだにらみ合っているものの、いつどちらかが攻撃してもおかしくない。現に詩さんは大きな口を開けて今にもアメさんに噛み付かんとしていた。

「行け」

　私が何か言うよりも早く、柘植さんは口を開いた。

「ここは何かあれば俺がどうにかする。そっちはお前に任せた。いいな？」

「……はい！」

　任せてくれたことが嬉しくて、私はそのまま柘植さんに背を向けると、市子さんを抱き上げ、そっと襖を開けて廊下に出た。

襖を閉めると、先ほどまでの緊張感と息苦しさから解放される。それは市子さんも同様だったようで、二人して「ふう」と息を吐き出した。

「……置いてきて大丈夫なのお？　そりゃ頼んだのはわたしなんだけどお」

歩き出した私の肩越しに遠ざかる和室に視線を向けると、市子さんは少し心配そうな声を出す。

「気にかけてくださってありがとうございます。でも、柘植さんがいるんで大丈夫です」

「信頼、してるのね」

「はい！」

自信満々に頷く私に、市子さんは「そっかぁ」と少しだけ寂しそうに言った。

「わたしもね、聡太のことを信頼してる。でもそれ以上に心配な気持ちも大きいの。聡太がまだ小さな頃から見てるから、わたしがいなくて大丈夫なのか、とか」

「市子さんにとって平さんは、弟みたいな存在なんですね」

「弟……。そうかもしれない。出来の悪い弟よ。可愛くて心配でつい気にかけちゃうの」

そうやって平さんを思う気持ちが、市子さんの身体に魂を宿したのかもしれない。でも。

「でも、もう終わりにしなきゃだね」

市子さんに言われるままにとある部屋の前に立った。ドアに手をかけようとした私に、市子さんは静かに首を振った。

「このままで」

「でも……」

「いいの。……ねえ、聡太。聞こえてる？」

　部屋の中から、平さんが息を飲んだ音が聞こえた。こちらへと近づいてくる足音を、市子さんはハッキリとした声で止めた。

「来ないで」

「市子、でも」

「このまま聞いて。わたしね、ずっと聡太のこと心配だったの。子どもの頃から忘れ物をするしママさんに怒られて泣くし、その辺で転んでは泥だらけになって。そんな聡太を守らなくちゃってずっと思ってた。ずっとずっと聡太のそばにいるんだって。でも……」

　市子さんは先ほどの詩さんとアメさんの様子を思い出したのか、黙り込んでしまう。そんな市子さんに、ドアの向こうから聡太さんが声をかけた。

「市子、こちらこそ今までありがとう。僕のことを想って心配してくれはって本当にありがとう。父からあのお化け屋敷を継いだとき、どないしていいかわからへんくて途方に暮れとったとき、市子を見ると頑張ろうって思えたよ。あの頃の君はこないなふうに話しはったりはでけへんかったけど、でもそばにおってくれたことが凄く心強かった。今までありがとう。本当にありがとう」

市子さんの頬を涙が伝う。幸せそうに、満足そうに微笑むと、市子さんは私を見上げた。

「見送って、くれる？」

「……はい」

溢れそうになった涙を手の甲で拭うと、私の腕の中で目を閉じる市子さんを見つめる。

市子さんは優しく笑みを浮かべると、光を放ち——やがて、私にもたれかかるようにして動かなくなった。

「——もう、ドアを開けても大丈夫でしょうか？」

「はい」

返事をすると、静かにドアが開いた。

「市子……」

私から市子さんを受け取ると、平さんはそっと優しく抱きしめた。

「今までありがとう」

小さく肩を振るわせる平さんの姿に、私はそっとその場をあとにした。私がいたら、平さんは涙を我慢してしまう気がして。

そして何よりも、私にはまだやらなければいけないことが残っていたから。

うるさく鳴り響く心臓の音を煩わしく思いながら、私は先ほどまでいた和室へと戻る。

襖に手をかけようとした瞬間、中から怒鳴るような詩さんの声が聞こえた。

「あのとき！　どうしてあんなことをしたの!?」

詩さんの言うあのときが、晴さんを傷つけたときだということは説明されなくてもわかった。そしてそれはまた、私自身も抱いていた疑問だった。

どうしてあんなことになってしまったんだろう。なぜアメさんは晴さんを――。

「そんなこと、もう覚えてないわ」

「なっ……！」

「ああ、でも一つだけ。あんたのことが憎くて憎くてしょうがなかったことだけはよく覚えてるわ。晴はあたしだけのものだったのに、あんたが現れてから晴は変わった。あたしに向けていた愛情をあんたに向けた。そんな晴のことも憎かったのかもしれないわね。だからあのとき、あたしは――」

「アメッ!!　あんた……っ！」

アメさんの言葉に、詩さんは苛立ちを隠すことなく声を荒らげる。慌てて襖を開けると、そこには怒りの色に支配された詩さんの姿があった。

「詩さん！　駄目です！」

反射的に駆け寄ると、私は詩さんの背中をギュッと抱きしめた。

「明日菜！　危ないから離れろ！」

「嫌です！」

「明日菜っ！」

「危なくなんかないです！　大きくなってたって、姿形が変わってたって、詩さんは詩さんなんですから！」

抱きしめる腕に力を入れる。ふわふわの毛も、お日様の匂いもぬくもりも全部いつもの詩さんと変わらない。違うのは大きさだけだ。

「明日菜……」

詩さんの声が聞こえた気がした。

「大丈夫、大丈夫ですよ。私はここにいます。柘植さんも。詩さんがどんな姿になっても受け入れます。だから安心してください」

何度も何度も優しく背中を撫でる。やがて詩さんは落ち着きを取り戻したように、元の小さな猫の姿へと戻っていく。

腕の中に収まる詩さんを抱きしめながら、私は部屋に戻ってきたときからずっと感じていたことを詩さんに伝えた。

「アメさん、後悔してるみたいです」

「後悔……？」

「はい。今のアメさんにあるのは後悔と悲しみ、それから寂しさだけです」

それを押し殺すように、まるで最初からそんな感情はなかったと隠してしまうように、怒りで全てを塗りつぶしてしまっていた。そんな感情を持つことが、自分には許されないとでもいうかのように。

「……アメ」

「………」

「もう一度聞くわ。どうして、あんなことをしたの」

「……覚えてないの」

「アメ！」

「本当に、覚えてないのよ」

アメさんの言葉は、先ほどと変わらない。けれどその口調は弱々しくて、頼りなくて、不安が見え隠れしていた。

声のトーンが変わったことに詩さんも気づいたのか、静かに優しく言葉を紡ぐ。

「覚えてないって、どういうこと？」

「……あんたが来てから楽しいことも嬉しいこともたくさんあったわ。でも、あんたに笑いかける晴を見るたびに心の中がどんどん黒く染まっていって、気づいたらあんな……。傷つけたかったわけじゃない。怪我をさせたかったわけじゃない！　あんな顔を、させたかったわけじゃないわ……」

「アメ……」

苦しそうに吐露するアメさんを、見つめることしか私たちにはできなかった。

「あたし、は……あたしが、怖い。大切な人を、またいつか傷つけてしまうんじゃないかって。だからもう二度と喋るつもりはなかった。動くつもりもなかった。一生ただの人形として生きていこうって思ってた。なのに、どうしてあんたは……」

アメさんの黒目がちな瞳から、ポロポロと涙がこぼれ落ちた。

アメさんの話が本当なのだとしたら、どれほどの恐怖だったか想像に難くない。自分の意志とは違うところで、自分の大切な人を傷つけてしまうなんて。

「もしかして――」

気づいてしまった。アメさんが詩さんと晴さんを残して姿を消した理由に。

「だから、二人の前からいなくなったんですか？　あれ以上、二人のことを傷つけないために。二人を、守るために」

「……そうよ」

ああ、この人はなんて不器用で、なんて優しい人なのだろう。

でも――。

「あたしが、こんなこと言える立場じゃないのはわかってるの。だけど」

アメさんは知らない。アメさんがいなくなったあと、何が起きたのかを。

「あ……」

思わず詩さんを見ると、一瞬の無言のあと、静かに口を開いた。

「晴は、死んだわ」

「まさか……！」

「あんたがいなくなって、暫くしてから病気がわかってね。治療をしても長くは持たないだろうって」

「違う……だって、あたし……」

詩さんの言葉が耳に入っているのかいないのか、アメさんはイヤイヤをする子どものように首を振った。

そんなアメさんに、詩さんは真実にほんの少しの嘘を交えて語りかける。

「あんたのせいじゃないわ。晴が死んだのは病気のせいなの。あんたが付けた傷のせいじゃない」

「う、た……」

「……あの子ね、最期まで心配してたわよ。あんたのこと」

「……っ」

大粒の涙を流しながら、アメさんはその場に崩れ落ちた。肩を振るわせるアメさんのそばで、その涙が途切れるまで詩さんは寄り添い続けた。

「……晴に、謝らなきゃいけないわね」

涙が乾いた頃、アメさんは呟いた。

「帰ってくるのが遅くなってごめんなさいって」

「アメ……」

「ねえ、あたし晴のところに行きたいの。……送ってくれるかしら」

「どうして……」

送魂のことはアメさんには伝えていなかったはずだ。私が部屋を出ている間に説明したのかと詩さんの方を見ると、小さく首を振っていた。なら、どうして。

「どうして知っているのか、って顔をしてるわね。聡太が話しているのを聞いたのよ。まあそうでなくても」

アメさんは私の後ろに視線を向ける。そこには壁を背もたれにして睨みつけるように立つ柘植さんの姿があった。

「あんたに危害を加えるようなことがあれば、すぐにでも消滅させてやると言わんばかりのオーラを出している人間がいれば、そういう目的で来たんだってわかるでしょ。現に市子は先に逝ったみたいだし」

座卓から下りると、アメさんは詩さんの足下に立った。

「送ってくれるでしょ」

「……ええ」

光り輝くアメさんの身体に尻尾を絡みつけると、まるで仔猫を抱く親猫のように優しく抱きしめた。

やがて光が消えると同時に、コトリと音を立ててアメさんは床に転がり動かなくなった。もうその中に魂がないことは明白だった。

「逝ったわね」

「そう、ですね」

少し寂しそうな表情を浮かべながら、動かないアメさんを詩さんは見つめ続けていた。

柘植さんが平さんに報告を行っている間、私と詩さんは散らかってしまった和室を片付けていた。アメさんも元の位置へ戻す。

「本当にいいんですか？」

私はアメさんを連れて帰らないのかと、何度か詩さんに尋ねていた。元々の持ち主は晴さんなのだから、事情を話せば返してもらえるかもしれない。難しければ、どうしても譲ってほしいとお金を払えば、そんな私の提案は、全て詩さんに却下された。

「もうすでに晴の元を離れて、縁あって違う家の子になったの。なのに今さら返してほしいなんて都合が良すぎるわ。それに……この中にもうアメはいないから」

「それは、そうですけど」

詩さんの言っていることが正しいのはわかるけれど、それで本当にいいのかと思ってしまう。だって、こんなにも詩さんは寂しそうにしているから。

「ほら、そろそろ帰るわよ。ここも片付け終わったしね」

「……はい」

私たちは和室の電気を消すと、廊下に出て襖を閉めた。

柘植さんはもうすでに玄関前にいて、上がり框に腰をかけ平さんと話をしていた。

「遅かったたな」

「すみません」

慌てて頭を下げると、肩に乗っていた詩さんをケージに入れ靴を履いた。

「では、そういうことで。二体とも私の方でお焚き上げをさせていただきます」

「よろしくお願いします」

立ち上がる柘植さんに、平さんは頭を下げる。私は——平さんの言葉に慌てて顔を上げた。

「あのっ！　今、二体って……！」

「え、ええ。市子だけかと思たら、もう一体動いてる人形がいはったと柘植さんが。せやったらその子も一緒にと言うてくれはって」

「柘植さん……！」

「中途半端な仕事はできないからな」

「わ、私！　連れてきます！」

私は履き終えた靴を慌てて脱ぐと、急いで和室へと向かった。

棚に置かれたアメさんをそっと手に取る。もうこの中にアメさんはいない。けれど、ほんの少しだけ顔が綻んだようなそんな気がした。

◇◆◇

無幻堂に帰った私たちは、裏庭で市子さんとアメさんの身体をお焚き上げし、空に送った。空に昇る煙を、詩さんは黙ったまま見つめている。

やがて、静かに口を開いた。

「ずっと、どうしてアメがあんなことをしたのか聞きたかった。そのために人形の送魂を始めた悠真についてここに来て……そのためだけに、今日まで生きてきたわ」

遠い目をする詩さんに、胸が苦しくなる。それと同時に不安になった。そのためだけに生きてきたと言い切る詩さん。アメさんが送魂された今、この世にいる理由がなくなってしまったのではないか。もしかして、消えて――。

「詩さ……！」

「でも、心配な子どもが二人もいたら、おちおちこの世から消えてられないわね」

「子どもって……私たち、ですか？」

「他に誰がいるのよ」

「もう！　柘植さんもなんとか言ってくださいよ」

わざと頬を膨らませながら言うけれど、本当は泣きたいぐらい嬉しかった。いつの間にか、私にとって。

「いつの間にかあたしにとって、ここが居場所になってたなんてね」

「詩さん？」

「……あっちが本当の家で、ここはアメに会うまでの仮の住まいぐらいにしか思ってなかったのに」

私と柘植さんの姿を交互に見ると、詩さんは柔らかい笑みを浮かべた。

「あの……？」

「なんでもないわ。さあ、残ってる仕事を片付けましょ。律真が送りつけてきた人形、段ボールから勝手に出てるかもしれないわ」

そう言うと詩さんは一人、部屋の中へと戻っていく。

「あ、詩さん！　待って……」

「放っておけ」

「でも！」

冷たく言い放つと、柘植さんは縁側に座る私の隣に腰掛けた。

「一人になりたいんだろ。……あいつにとって家族を見送ったんだからな」

「あ……」

そうだ、晴さんが亡くなった今、詩さんにとってアメさんは唯一の家族で。その家族を、今日亡くしてしまったんだ。

「私……」

「……ほら」

「え？」

自分の至らなさに項垂れる私の膝の上に、柘植さんは小さなビニル袋を置いた。重みのあるその袋を覗き込むと、中には豆大福が入っていた。

「これって」

「伏見稲荷駅の近くに美味いって評判の店があるんだ。石焼きみたらしじゃないが、これはこれで美味いぞ」

「いつの間に……。あ、もしかして。電車を待っているときにいなくなったのって……」

「さあな」

優しいですね、と言うときっと「んなことねえ」と言って否定するのはわかっている。だから。

「ありがとうございます」

「ふん」

素直にお礼を言って豆大福に齧り付く。お餅の軟らかさと優しい甘さが口いっぱいに広がって、幸せな気持ちでいっぱいになる。

「……さっきまで泣きそうな顔、してたくせに」

「へ？　何か言いまひた？」

「ったく」

口に豆大福を頬張ったまま喋る私を、柘植さんは呆れたように見ると——。

「粉、ついてるぞ」

私の頬を親指で優しく拭った。

「……っ！」

思わず喉に詰まりそうになった豆大福を必死に呑み込むと、涙が滲んだ目尻を拭う。

視線の先にはおかしそうに笑う柘植さんの姿。それから。

「あ」

「天気雨だな」

晴れ渡る空から白銀の雨が降り注ぎ、地面を微かに濡らして、消えた。

それはまるで空に昇ったアメさんからの贈り物のように思えて、もう一度空を見上げた。

雲一つない空の向こうで、二人が再会できていることを願って。

第六章　さよならと愛を知らないムーミーちゃん人形

ガタンゴトンと電車が規則正しい音を立てて揺れる。珍しく座れた車内で、私は揺れに身を任せ、窓から入ってくる日差しの暖かさを感じながら訪れる眠気と戦っていた。

この眠気が、昨日仕事を終えて帰ったら届いていた、好きなバンドのライブＤＶＤを夜中まで見てしまったせいなのはわかっていた。けれどどうしても我慢できなくて――。

終点の京都河原町まであと二十分。私はまどろみの中に意識を手放した。


気が付くと、私は泣いていた。部屋の隅で蹲って、溢れ出た涙を必死に袖口で拭う。けれど次から次へとこぼれ落ちる涙は留まるところを知らない。

ああ、これは夢だ。小学生の頃の、夢。

ヒックヒックと喉を鳴らす私の頭を、大きくて優しい手がそっと撫でた。

「明日菜ちゃん、大丈夫かい？」

「お、じい、ちゃ……」

顔を上げると、私を優しく覗き込むおじいちゃんの姿があった。

「ほら、もう泣かなくていいんだよ」

「だって……おとう、さんが……」

おじいちゃんは床に落ちたグシャグシャに丸められたテストを拾い上げた。一問だけ間違えて九十七点だった算数のテスト。頑張ったよ、と父親に差し出した私の目の前で握りつぶすと「あと一問がどうして答えられないんだ」と冷たい視線を向けられた。両親にとって百点満点じゃない私は必要のない子どもだった。今ではそう割り切ることもできているけれど、この頃はどうしたら両親に褒めてもらえるのか、愛してもらえるのかそればかり考えていた気がする。

「そうだ。今日は明日菜ちゃんにプレゼントがあるんだよ」

「プレゼント……？　私に……？」

優しく微笑むと、おじいちゃんは足下に置いていた紙袋から一体の人形を取り出した。

「あっ、ムーミーちゃん！　え、どうして？　なんでおじいちゃんが持ってるの？」

「明日菜ちゃんにあげようと思ってもらってきたんだよ」

どうぞ、と差し出された人形を恐る恐る受け取る。どれだけ欲しいとねだっても、買ってもらえなかったムーミーちゃん人形。クラスの女の子みんなが持っている中、私だけが買ってもらえなかったムーミーちゃん人形。

「本当に、いいの……?」

「ああ。その代わり、大事にしてあげるんだよ」

「うん！　おじいちゃん、ありがとう！」

夢にまで見たムーミーちゃん人形をギュッと抱きしめると、まだ涙で濡れたままの顔で笑みを浮かべる。

そんな私をおじいちゃんがどんな顔で見ていたのか、今も私は知らない。


ガタンという大きな揺れで目が覚めた。夢を見ていた気がするけれど、よく覚えていない。ただ指先で拭うと、目尻が薄らと濡れていた。

濡れた指先を見ながら、私は先日の晴さんとアメさんの一件を思い出す。あれから、私と柘植さんの距離がグッと縮まった――訳はなく、今まで通りの日々を過ごしていた。ただ少しだけ、柘植さんの態度が柔らかくなったような気がする。

少し前まではあんなにも暑い日々が続いていたのに、季節はいつの間にかすっかり秋めいて、街を歩くと金木犀のいい香りが漂う。無幻堂で働くようになってから、もうすぐ三ヶ月が経とうとしていた。

この三ヶ月、楽しいことも辛いこともたくさんあった。でも、今ではこの送魂屋の仕事にも随分慣れたし、好きになった。このままここで働けたらと、そう思う。

「正社員になれるといいんだけど」

ため息を吐きながら、いつものように京都河原町駅を降り、四条大橋を渡り私は無幻堂へと向かう。

お店に着くと、入り口近くに見覚えのある車が止まっていた。このレクサスは――。

「律真さん……？」

「当たりや」

私の声に、お店の中から柘植さんのお兄さんである律真さんが顔を出した。いつもは荷物を宅配便で送ってくるから、こんなふうに直接律真さんがお店に来るのは私が働き出してから二度目だった。何かあったのだろうか。

「どうかしたんですか？」

「うん？　なんもあらへんよ。ただ、ちょっと用があったさかいに、ついでやと思って今日の分のを持ってきただけや」

相変わらず着崩したスーツ姿にじゃらじゃらとしたネックレスをたくさんつけた律真さんが言うと、用事の内容を誤解しそうになる。

そんな私に、律真さんはニッと笑った。

「今、なんや変なこと考えたやろ？」

「か、考えてないです」

「ほんまに？　明日菜ちゃん、意外とスケベやなぁ」

「ち、違いますって！」

からかうように笑うと、律真さんは再びお店の中へと姿を消した。私もその後を慌てて追う。律真さんと話し込んでいる間にも時間は刻一刻と過ぎている。このままでは遅刻になってしまう。

「おはようございます」

玄関で声をかけるけれど、いつもならすぐに出てきてくれる詩さんの姿もない。律真さんが持ってきたという荷物のせいで取り込んでいるのかもしれない。

とにかく中に入らなくちゃ。

靴を脱いで玄関を上がってすぐの部屋の襖を開ける。けれど、いつもならそこにいるはずの柘植さんの姿がなかった。律真さんもいないし、奥の部屋だろうか？　それとも庭？　ひとまず奥の部屋に行ってみよう。そう思い、奥の部屋へと続く廊下を歩く。途中、何かが落ちていることに気づいた。

「これって、ムーミーちゃん人形？　懐かしい！」

そこにいたのは、私が子どもの頃に流行ったムーミーちゃんという人形だった。腰まで伸びたウェーブがかった金色の髪、ぱっちりとした目にぽてっとした唇。薄ピンク色の花柄ワンピースを着たとっても可愛い女の子、それがムーミーちゃん人形だった。

三歳ぐらいの子どもをイメージして作られたムーミーちゃん人形は、話しかけたら返事をし、夜が来たら眠る。小さな子どものように『お腹がすいたよお』と甘えた声で訴えかけてくる。その愛らしさからまるで人間の女の子のようだと人気が爆発して、一時は社会現象になったほどだった。

ムーミーちゃん人形を見ると、買ってほしくて両親に頼み込んだけれどどうしても駄目だった幼い頃を思い出す。私が欲しいと言ったものを決して買ってくれることはなかった両親達。それどころか、貰ったものさえ――。

よみがえる苦い記憶を、私は必死に頭から追い出した。

「それにしても、この子すっごく綺麗」

普通、無幻堂に送られる人形やぬいぐるみは年季が入っていてどこか薄汚れていたり古びていることが多い。どれだけ大切に扱われていたとしても、経年劣化には勝てない。なのにこのムーミーちゃん人形は、まるでついさっきパッケージから出されたかのように綺麗だった。

大事にされたのか、それとも誰にも手に取られなかったのか。後者だとしたら、悲しい。

「……ちょっとだけ」

小さい頃の私が、心の中で声を上げる。

一度でいいからムーミーちゃん人形を抱っこしたいと駄々をこねる私に『知り合いの伝

手でもらったんだ』と祖父が持ってきてくれたムーミーちゃん人形。『お父さんとお母さんには内緒だよ』と言われていたのに、私が小学校に行っている間に見つかってすぐに祖父へと戻されてしまったことを思い出す。

あの日から私は、ムーミーちゃん人形を欲しがらなくなった。たった三日しか一緒に過ごすことはできなかったけれど、あの子は間違いなく私のムーミーちゃん人形だったから。

なのに、どうしてだろう。この子に、こんなにも惹き付けられるのは。

手を伸ばして拾い上げると、木くずでも刺さったのか指先にチクッとした痛みを感じた。

でも、そんな些細なことは気にならないぐらい、目の前のムーミーちゃん人形のことしか考えられなかった。

「ムーミーちゃん」

ギュッと抱きしめると、ムーミーちゃんは――私の耳元で返事をした。

「はぁい」

その声に引き込まれるように、私の視界は真っ暗になった。

「おい」

「……えっ?」

気が付いたのは、いつの間にか目の前に立っていた柘植さんの声で、だった。

「私、何を」

「突っ立ったまま寝てたぞ」

「嘘!? そんなことって」

でも、たしかにこの数分の記憶がない。律真さんとお店の前で話して、栢植さんが部屋にいなかったから探しに行こうとして、それで――。

駄目だ、思い出せない。本当に寝てたのかもしれない。

「す、すみません」

「まあいい。ところで今日の仕事だが――」

栢植さんの説明を頷きながら聞く。ムーミーちゃん人形がいつの間にかいなくなってたことにも、気づかないまま。


その日から、なんだかボーッとすることが増えた、気がする。と、いうのも私にはその意識はないのだけれど「手が止まってる」「呆けるな」「寝不足じゃないのか?」など、栢植さんから注意され続けている。

そんな生活を続けて三日目、その日の仕事を終え、帰ろうと外に出ようとした。

「……あれ?」

ふと違和感を覚え、肩にかけていたカバンを開けた。するとそこには、ムーミーちゃん人形がいた。

「もー、また誰かイタズラしたのかな」

一昨日は廊下に、昨日は上がり框にムーミーちゃん人形が置かれていた。

微動だにしない人形を、カバンから取り出す。ジッと見つめても、そこには何の感情の色も見えない。

律真さんが持ってきた中には、時々動いたり喋ったりしない子もいた。そういう子たちは、送魂することなくお焚き上げされる。縁あって無幻堂にやってきたのだから、と柘植さんは言っていたけれど——詩さんは「とか言って、ただ送り返すのが面倒なだけよ」と髭を揺らしていた。

ムーミーちゃん人形もおそらく、そういう類いなのだと思う。ただ本来ならここに来た日にお焚き上げされているはずだ。

「誰かがあなたにここにいてほしいって思っているのかな？」

頭を優しく撫でると、ムーミーちゃん人形の表情が和らいだように見えた。

「やっぱり、可愛いなぁ」

思わず頬が緩みそうになるのを引き締める。思い入れを持ってはいけない。この子はお焚き上げをされる。また私の前からムーミーちゃんはいなくなるのだから。

「……え？」

気づくと私は自宅の前にいた。先ほどまではたしかに無幻堂にいたはずなのに。疲れているのか、ボーッとしすぎているのか、どうやってここまで帰ってきたのか記憶が一切なかった。とはいえ、ちゃんとカバンも持っているし自宅の前にいるということは電車にも乗っているはずだ。

「まあ、ボーッとしてても家まで無事帰ってきてるって逆に凄いよね」

鍵を開け、部屋に入る。カバンを机の上に置くと、私はキッチンへと向かう。軽く食べる物を、と冷蔵庫から昨夜の残り物であるポテトサラダを持って部屋へと向かった。

机の上に視線を向けて、私は笑みを浮かべた。

「ただいま、ムーミーちゃん」

当たり前のように机の上に座って微笑むムーミーちゃん人形へと。そこに彼女がいることに、私は何の違和感も覚えなかった。

翌朝、いつものように家を出ようとして部屋を振り返る。

「一緒に行く？」

机の縁に腰掛けたムーミーちゃんに尋ねると頷いた気がして、私はカバンを開けてみせた。彼女は子どもがブランコから飛ぶように机から飛び降り、二本足で歩くと私のカバンの中へと足を踏み入れた。まるでそうするのが当たり前とでも言うかのように。

結局その日も、ボーッとすることが多かったようで、何度も柘植さんや詩さんから声をかけられた。昨日までと違うことがあるとすれば、そこに含まれる感情が呆れや不信のグレーではなく、心配の黒だったことだ。

ボーッとしているつもりはないけれど、心配をかけてしまったことは素直に申し訳なく思う。私のせいで二人に余計な心配をかけてしまう。だいたい私がここに勤めているのが間違っているのかもしれない。

人形に込められた魂だって、私なんかに送魂されて嬉しいのだろうか。そもそも魂が宿ったからといってどうして送魂なんてしなければいけないのだろう。悪霊化するから？　でも何が良くて何がダメかなんて誰に判断がつくのだろう。だって、その基準は柘植さんたち人間が作ったもので、決して人形のためではない。

そうだ、私は人形たちの魂を――。

「おい」

「え？」

「さっきから俺の話、聞いているのか？　だいたいお前は、」

柘植さんが何かを話しているけれど、頭がボーッとして上手く理解できない。えっと、今日の仕事。そうだ、送魂。送魂。送魂――なんて、したくない。

「柘植さん、すみません」

「どうした？」

「私やっぱりこの仕事向いてないみたいです」

「明日菜？」

頭の中に靄がかかったみたいで、自分が口にしていることの意味もよくわからない。でも、一秒でも早くこの場所から離れなければいけないと、誰かが囁いていた。でも、それが誰だか今の私にはわからない。

「今までお世話になりました」

まるで勝手に口が動いているようだ。頭を下げると、私は無幻堂をあとにした。

ああ、足下がふわふわしていて変な感じだ。そもそも私は何をやってるんだろう。無幻堂を辞めようなんて、一度も思ったことなかったのに。

でもどうしてか足は私を無幻堂から引き離す。私の身体なのに、私じゃないみたいな感覚が気持ち悪い。

駅から出てくる人の波に逆らって私は京都河原町駅の改札を通り抜ける。そして階段を降りて一号線へと向かった。

たまたま先の電車が行ったあとだったのか、ホームに人の姿はなかった。私はこのあとくる特急大阪梅田行きに乗るためにホームの一番奥に立った。

ホームに電車が入ってくるというアナウンスが聞こえ、私はふいに視線を落とした。そこには鞄の中から私を見上げるムーミーちゃん人形の姿があった。

次の瞬間、辺りで悲鳴が聞こえる。でも、その悲鳴がどこか遠くで聞こえ、そして力が抜けた。視界が揺れたのがわかった。そして私の身体はホームから線路へ向かって投げ出された——。

「明日菜！」

私を呼ぶ声が聞こえたかと思うと、腕を誰かに引っ張られた感覚とそれから凄い勢いで目の前を電車が通過していくのが見えた。

気づけば私の身体は、誰かに抱きしめられていた。

「な、に、が……」

「大丈夫か!?　怪我はないか!?」

「つ、げさ……ん？」

こんなふうに慌てている柘植さんを見るのは初めてだ。——ううん、違う。一度だけ、私がジロウちゃん人形のせいで怪我をしたときもこんなふうに声を荒らげていたっけ。

自分のことには無関心なのに、人のことには親身になるなんて、不思議な人だ。

「お前、今自分が何をしようとしたかわかってるのか!?」

「何って、え……私……っ」

ようやく頭の中と視界がクリアになった私は、先ほどの出来事を思い出して——頭から血の気が引いた。

私は今、電車に飛び込もうとして。ううん、飛び込んでた。柘植さんが腕を引っ張ってくれなかったら今頃。

ようやく理解した自分の現状に身体が震える。いったいどうして私はそんな馬鹿なことをしてしまったのだろう。自分で自分がわからない。

「わ、たし……どう、して……」

「とにかく場所を変えるぞ」

はっと周りを見回すと、辺りには人垣ができていた。飛び込み自殺だと思われたのか、駅員さんを呼ぶ声も聞こえる。

私は柘植さんに腕を引かれるようにして、ホームの隅にあったベンチへと移動した。

「これでも飲んで落ち着け」

手渡された瓶はヒンヤリと冷たい。ラベルのないそれが何かはわからなかったけれど、蓋を開けると中身を一気に飲み干した。

身体の中に冷たい水が流れ込んでいく。

「わた、私……」

何か言わなくちゃ。そう思うのに上手く声が出てこない。

そんな私の頭上で聞き覚えのある声がした。

「これやな」

そこには律真さんの姿があった。手には私の鞄と——それからムーミーちゃん人形を持っていた。

けれど、どうしてそんな怪訝そうな顔をするのか、私にはわからなかった。

「明日菜ちゃん、これな明日菜ちゃんの鞄の中に入ってたんや」

「私の、鞄の中？」

「せや。心当たりあるか？」

律真さんに言われて、私は素直に頷いた。

「朝、一緒に無幻堂へ行くって言うから、カバンの中に入ってもらって連れてきました」

「朝？　まるでこいつが明日菜ちゃんの家におったみたいな言い方やな」

「いましたよ？　昨日の夜から、ずっと……うちの、家に……」

言いながら、頭の中が冷静に、そして血の気が引いたように冷たくなっていく。

「最初は無幻堂の廊下に落ちていたのを拾って……」

「明日菜ちゃん、あんたやっぱり……」

律真さんは隣で黙ったまま苦虫を噛みつぶしたような表情で私を見下ろす柘植さんへと視線を向けた。柘植さんは、ため息を吐くと口を開いた。

「霊障だな」

「霊障って……。でも私、どこも怪我してなんて」

「霊障には大きく分けて二つある。肉体を傷つけ内臓から蝕んでいくもの。そして心の隙間から入り込み、精神を蝕んでいくもの。前者が肉体を壊していくんだとしたら、後者は心を壊していく。今のお前だ」

精神を、蝕む――。

柘植さんに言われても、いまいちピンとこなかった。だって、別に私は心を壊されてなんていない、今だってこうやって普通に話すこともできている。

「わた……」

「先ほどお前に飲ませたのは聖水だ」

「え？」

「アレが身体に入った瞬間、頭の中がクリアになるような、そんな感覚はなかったか？」

「あ……」

身体の中だけでなく、頭の中まで冷たくなっていく感覚、あれが聖水の効果だったのだろうか。

だとしたら、私は本当にムーミーちゃんに……。

考え込んでいる私のそばで、柘植さんは律真さんを睨みつけた。

「落ちてたってどういうことだ」

「わからん。もしかしたら、運んでたときに逃げたんかもしれん」

「ふざけるな！　どう責任を取るつもりだ」

「……堪忍やで」

うなだれながら律真さんは私に謝罪する。でも、何がどうなっているのかわからなかった私は、首を振ることしかできなかった。

そんな私と律真さんに、柘植さんは眉間に皺を寄せると言った。

「とにかく店に戻るぞ。ここじゃ、何もできん」

「せやな」


私は二人に連れられ、無幻堂へと戻った。その間、ムーミーちゃん人形は律真さんの手に握られたままだった。

そのまま私たちはいつもの玄関を入って右手の部屋へと向かうのかと思いきや、庭へと向かった。

「あの……？」

「どこか怪我をしていないか？」

「怪我、ですか？　いえ、別に」

私の返答に柘植さんは考え込むように眉間に皺を寄せた。でも、本当に心当たりはない。

「柘植さんが引っ張ってくれたおかげで、電車と接触することも地面ですりむくこともなかったですし」

「ああ、そうじゃない。そうじゃなくて、もっと前だ。朝、ここに来てそいつに触れる前後で怪我をしなかったか」

そいつ、と言いながら柘植さんはムーミーちゃん人形を睨みつける。

朝、ムーミーちゃん人形と出会う前後……。必死に思い出そうとした私は、そういえばと右手の手のひらを広げた。

「ムーミーちゃんを持ち上げたとき、木くずでも刺さったのか指先に痛みを感じて。でも、そこまで酷い怪我じゃぁ――」

そう言って手のひらを見下ろした私は、血の気が引くのを感じた。私の手のひらには、紫色の痣があった。こんなところ打撲なんてしてないというのに。

「さ、さっき助けてもらったとき手をついたとかそういう……」

「違う、これは霊障だ。精神だけでなく、肉体をも蝕もうとしていたのか」

柘植さんはそう言ったかと思うと、井戸まで歩いて行き、柄杓に水を汲んだ。それを手のひらにかけられた瞬間、まるで熱湯をかけられたかのように痣が酷く痛んだ。

「……っ！」

「我慢しろ」

思わず声を上げそうになった私は、柘植さんの言葉に頷くと必死に声を堪え続けた。どれぐらいそうしていたか、随分と痛みがマシになったと思った頃には、手のひらの痣は少しだけ薄くなっていた。

それを見た瞬間、律真さんの手の中でムーミーちゃんが叫んだ。

「なんてことするのよ！　その子は私が連れていくのよ！　邪魔しないで！」

「うるさい、ちょっと黙り」

ムーミーちゃんの言葉は、私の胸に重くのしかかる。そうか、ムーミーちゃんは私を道連れにしようとしたんだ。そう思って改めてムーミーちゃんを見る。彼女は怒りと悲しみ、そして寂しさを抱えていた。

その悲しみは、いったいどこから来ているんだろう。知りたい。教えてほしい。

「一人で逝くのが寂しいから、私を連れていこうとしたの？」

「違う！　私はあんたのことが大っ嫌いなの！　だから、あんたを殺して、それで……」

「私のことが嫌いって……」

「明日菜ちゃん、この人形になんかしたんか？」

律真さんの問いかけに、私は慌てて首を振る。

「い、いえ。廊下で拾っただけで、何も」

「……ふざけないで！」

私の発した言葉を聞いた瞬間、ムーミーちゃんの怒りとそれから悲しみの感情が増幅したのがわかった。

けれど、それがわかったところでムーミーちゃんが怒っている理由まではわからない。どうしていいかわからず戸惑う私の耳に、ムーミーちゃんの悲痛な叫び声が聞こえた。

「もう一人は嫌なの！　私だけ誰にも愛されないのは嫌なの！」

私は思わず律真さんを見た。ムーミーちゃんをここに連れてきた律真さんなら、彼女の言葉の意味もわかるかもしれない。

私の視線に、律真さんは少し考えた後、口を開いた。

「この人形はな、最初の一体なんや」

「最初の？」

「ああ。試作品や。どこかに出荷されることもなく、会社にずっと飾られとった。みんな可愛がってくれても、誰かのための一体にはなれへんかったんや。その会社が今回潰れることになって、あまりにも長いことおったこの人形をそのまま捨てるんは忍びないって――」

「うるさい！　うるさい、うるさい！　何も知らないのに勝手なこと言わないで！　私だって一度は……！」

そう叫ぶとムーミーちゃんは律真さんの腕を振り払おうとめちゃくちゃに暴れた。律真さんは苦戦しながらも掴んだ手を離さない。

でも私は、そんな二人の様子よりも先ほどのムーミーちゃんの話が引っかかっていた。最初の一体でそれから——。

ムーミーちゃんが消えそうな声で叫ぶように言いかけた言葉を必死に思い出す。そうだ、ムーミーちゃんは『私だって一度は』と言った。まさか、もしかして。

「ムーミー……ちゃん？」

私の呼びかけに、ムーミーちゃんは……泣きそうな顔で振り向く。そんなムーミーちゃんの姿が、かつて三日間だけ一緒にいたあのムーミーちゃんと重なる。

ああ、やっぱりこの子は——。

「ごめんな、さい」

「明日菜？」

「明日菜ちゃん、何を……」

悲しみと怒りが入り交じった色を纏うムーミーちゃん。けれどその怒りは、ただ私一人へと向けられていた。

「ごめんなさい、私……」

「今さら謝っても、あなたが私を捨てた過去は変わらないんだから！」

「違う！　捨ててなんかない！」

「嘘よ！　あなたの両親が私を捨てるときに言ってたわ。『お前なんか必要ない。明日菜もそう思ってる』って。あの日から私はずっとひとりぼっち。一瞬でもあなたのお人形になれるって思ったのがバカみたい！」

怒りの根っこには悲しみが溢れている。どれだけの悲しみを、絶望を味わったのか、私にはわからない。でも、人の都合で振り回されて、そしてまた人の都合でこの世から消されようとしてる。そんなの、辛すぎる。

「ムーミーちゃん」

「あ、あかんって」

「やめろ、明日菜！」

「大丈夫です」

私のことを止めようとしてくれる二人に頷いて見せると、ムーミーちゃんに向き直った。

「大丈夫ちゃうって。今の明日菜ちゃんはこいつに呑み込まれやすいんやから」

「おい！　勝手なことをするな！」

柘植さんと律真さんは必死になって止める。でも、私はムーミーちゃんに手を伸ばした。

この子を愛してあげられるのは、私だけだとそう思ったから。

「おいで」

「……どういうつもり」

「いいから、ほら」

両手を差し出すと、ムーミーちゃんは一瞬のためらいの後、私の胸に飛び込んだ。その小さな身体をギュッと抱きしめる。

「いいの？　あんたのこと連れていくわよ」

「それは困るなあ」

「またさっきみたいに飛び込ますわよ」

「大丈夫、そんなことになったら二人が止めてくれるから」

「あんた、いったい……なんなの、よ……」

その声が震えていた。

「寂しかったよね。悲しかったよね。あなただって誰かに愛されるために作られたはずなのに、ずっと誰にも抱きしめてもらえなくて辛かったよね」

「そんな、こと……」

「あのとき、守れなくてごめんね。でも、もう一人にはしない。もう二度と手放したりしないから。あのね、私は今も昔も、あなたのことが大好きだよ」

「っ……うっ……あ、あああっ！」

ムーミーちゃんは私の腕の中で泣き叫ぶ。私はその身体から涙が涸れるまで、ずっとずっと抱きしめ続けた。

――どれぐらいの時間が経ったか。ムーミーちゃんが私の腕の中で大人しくなった頃を見計らって、私は柘植さんに言った。

「この子、私が貰っちゃダメですか？」

「お前、正気か？」

「明日菜ちゃん、それはあかん。この人形の中には――」

「魂が入っているのはわかっています」

でも、だからなんだというのか。魂が入っている人形があっちゃダメなんてルールは存在しないはずだ。

「私はこの子を愛してあげたい。大事にしてあげたい。そう思うんです」

「…………」

「ダメ、ですか？」

二人が私を心配してくれているのはわかってる。でも、それでも私はこの子のそばにいたかった。

たとえ、この仕事をクビになったとしても。

「これ以上止めたら、ここを辞めてでもその人形を連れていくって顔してるぞ」

「えっ」

「ったく」

柘植さんがため息を吐く。そんな柘植さんの腕を律真さんは慌てたように掴んだ。

「お、おい。お前、まさか」

「仕方ねえだろ。こんなやつでもうちの大事な従業員だ。それに、魂が入ったままの人形を野放しにできない。それなら目の届くところにいてくれる方がまだマシだ」

「それじゃあ！」

「その代わり、そいつも一緒に出勤すること。それから、お前もう少し俺の近くに引っ越してこい」

「は？」

柘植さんの提案に、私は間の抜けた声を出してしまう。だって、今なんて？　思わず柘植さんの隣にいた律真さんの方を見るけれど、同じように呆けた顔をしていた。

「あの、それはどういう」

「そいつが暴走したときに、今みたく離れた場所にいられたら送魂しに行けないだろ」

「あ、そういう……」

「ビックリしたわ……」

引きつった笑いを浮かべる私たちに、柘植さんは怪訝そうな表情を向ける。そんな柘植さんに苦笑いしか出てこないけれど、それでも何かあれば助けてやると、そういう意味だと受け取って、私はムーミーちゃんに向き直った。

「ね、私と一緒にいよう？　今までの分も私がいっぱい愛してあげる。ううん、愛させてほしいの」

「……本当に？　嘘じゃない……？　もう、私のことを捨てない？」

「捨てないよ」

「絶対？」

「絶対！　約束する」

私の言葉に、ムーミーちゃんはふへっと恥ずかしそうにはにかんだ。その身体からはもうあの真っ青の悲しみに満ちた感情はなく、代わりに愛情と幸福で満ちたピンク色で覆われていた。


「そういえば」

縁側に面した和室で、プリンを頬張りながら私は尋ねる。ちなみにプリンは抹茶味だ。そのままでも十分美味しいのだけれど、あとがけの抹茶パウダーのおかげで濃厚な宇治抹茶の香りが口いっぱいに広がっていく。さすが有名なお茶屋さんの作った抹茶プリンといった風味をしていた。

「ほっぺについてる」

「あ、ホントだ」

頬についた抹茶パウダーをムーミーちゃんに指摘され、私は慌てて拭った。

「それで、何が『そういえば』なの？」

「あ、うん。……おじいちゃんはどうして私にムーミーちゃん人形を贈ろうと思ったんだろうって思って」

ふと思い浮かんだ疑問を口にする。まあそんなこと思ったところで、もう祖父は亡くなっているのだから、答えを知ることはもうないのだけれど。

けれど、私の言葉に「それはね」という返事が返ってきた。声の主は、座卓の縁にちょこんと座ったムーミーちゃんだった。

「あなたがひとりぼっちだったから、って言ってたわ」

「言ってたって、どういう……」

ムーミーちゃんは一瞬目を伏せて、それから再び言葉を紡いだ。

「あなたに捨てられたと思って、感情がグチャグチャになってたから、こんな記憶が残っていたなんて私もビックリしたわ。——あれは、乱暴に掴まれた私をあの人が受け取って、そのままどこかへと連れていったときのことだったわ」

そう言って、ムーミーちゃんは話し始めた。

「結局、戻すことになってしまったな……」

私を抱き上げた初老の男性は、寂しそうに眉尻を下げ、すまなそうな視線をこちらに向けた。数日前、嬉しそうに私を迎えにきたときとは大違いだった。

「あの子に喜んでもらいたかったんだがな」

喋ることも表情を変えることもできない私に話しかけるようにして、男性は言葉を続けた。

「勉強以外にも大切なものはある。最低限の衣食住を与えるだけが親の義務なわけではない。どうしてそれがあの二人にはわかってもらえないのか。兄弟のいないあの子に、せめてこの人形でもあればと思ったが……」

男性は私をギュッと抱きしめると「明日菜……」と呟いた。たった三日間の、私の初めてのお友達の名前。私を嬉しそうに抱きしめた、小さな女の子の名前を。

もう一度会える日まで忘れることのないように、私はその名前を深く、深く心に刻みつけた。

◇◆◇

「おじい、ちゃん」

ポロポロと涙が溢れては机の上に落ちていく。

「ずっと、誰にも愛してもらえていないのだと思ってた。ムーミーちゃん人形を両親に捨てられて、そのあとはおじいちゃんも会いにくることがなくなって、人形をもらったのに大事にしなかった私を怒ってるんだと思ってた」

「……今、おじいさんは」

柘植さんの問いかけに、私は静かに首を振った。

「私が中学に上がる前に亡くなりました。今思うと、私を甘やかそうとしてくれる祖父のことを、両親がブロックしていたのかもしれません」

小学生の私には、同じ県内とはいえ別の市に住む祖父の元に一人で遊びにいくことなど不可能だった。

「そうか」

亡くなってしまってからでは、もう遅い。でも。

手の甲で涙を拭うと、私は顔を上げた。もう遅いからといって、何もしないのであれば意味がない。

「今度、お墓参りに行ってきます。いっぱい愛してくれてありがとうって伝えてきます」

「それがいいと思う」

一瞬だった。けれど、たしかに柘植さんが優しく微笑んでいて、思わず見とれてしまう。

「どうした？」

「い、いえ」

誤魔化すように慌ててプリンを頬張る。

甘くてほろ苦い抹茶プリンは、優しくて切ない思い出とどこか重なるような気がした。

エピローグ　京の朝と新しい明日のはじまり

一ヶ月後、私は無幻堂から徒歩五分の場所にあるワンルームマンションへと引っ越した。

もちろんムーミーちゃんと一緒に、だ。

古い物件をリノベーションしたのだというそのマンションは、外観は少し古かったけれど中は真新しく、新築のマンションと遜色なかった。

これからここで新しい暮らしが始まるんだ。

「おい、これはこっちでいいのか」

「明日菜ちゃん、これクローゼットに入れとくな」

「ありがとうございます！」

手伝いに来てくれた柘植さんと律真さんのおかげで、ほとんどの段ボールが片付いた。

あとは細々したものを出せば終わりだ。

「ふうん？　小さいけれど綺麗じゃない」

「でしょ？　これからここで一緒に暮らすんだよ」

あの日、さっそくムーミーちゃんを連れて帰ろうと思った私を、それだけはダメだと柘植さんと律真さんが止めた。そのせいで、今日引っ越ししてくるまでの間、終業後は柘植さんのお店で預かってもらっていた。

だけど、ようやく一緒に暮らすことができる。

「楽しみだね」

「そう？」

口ではクールぶっているけれど、さっきからずっとピンクの感情がふわふわしているのが見えている。ふふ、と笑みがこぼれる。

四ヶ月前、いきなりクビになり職を失ったときはこんな生活が待っているなんて思ってもみなかった。でも、今はあれでよかったのだと心からそう思える。

送魂という仕事を通じて、人の顔色を気にするだけじゃなく本当にその人に伝えなければいけないことを伝えることの大事さを知った。私が本気で伝えなきゃ、相手の心に響かないということも。

「片付けは落ち着いたか？　それじゃあ、仕事に戻るぞ」

「そうそう。早う帰らな詩が首長くして待っとるわ」

「はい！」

私たちは今日も人形達に話しかける。

誰かが大切にしてきた人形に宿る魂をあの世に送るために。
人形達の人を想う気持ちを、笑顔を守るために。

番外編　流れゆく鴨川とぬいぐるみたちとのかくれんぼ

それはまだ、残暑が色濃く残る九月の初めのことだった。前日の夕方に送魂した着せ替え人形のスズちゃんをお焚き上げし、少しだけゆったりとした時間を過ごしていた。これなら今日は定時で帰れるかもしれない。いつもなんだかんだとバタバタしているせいで、定時を少し過ぎてからの帰宅となる。多少残業するのは全然問題ない。むしろ三十分、いや一時間残業したところで、以前働いていた職場を出る時間よりも断然早いのだから。

それでも私が一秒でも早くお店を出たいのにはわけがあった。数日前に、ＳＮＳで見つけた雲の形のムースを出すお店。あまりの可愛さに一目惚れした。行ってみたいと思ったものの、営業時間が十七時まで。無幻堂が十六時までなので、何もなければギリギリ間に合うはず、と思い続けて早三日。ここまで来てしまえばあと二日我慢して、週末に行くのもいいかもしれない。休日の京都だからきっと混んでいるだろうけれど。

たくさんの人の感情が入り混じる状態を想像して、思わずこめかみを指で押さえた。想像するだけで頭が痛かった。

と、いうことで今日こそは何もなく平和に終わらせて、行くんだ。そう思っていたのに。

「いやー、またぎょーさんなってしもてな」

玄関から聞こえた呼び声に顔を出すと、そこには着崩した黒のスーツに赤いシャツ、それからジャラジャラとネックレスをかけた律真さんの姿があった。

申し訳ないと言わんばかりに手を合わせるけれど、律真さんの声のトーンからはこれっぽっちも悪いと思っていないのが伝わってくる。車にどうやって乗っていたのか不思議に思うサイズの段ボールを上がり框に置きながら、律真さんは笑みを浮かべた。

「あの、前に何でも屋って名刺に書いてましたけど、こんなに集まるものなんですか？」

「ん？　明日菜ちゃん、俺のこと気になるん？」

「え？　や、律真さんが、というよりは、どうやってこんなにたくさんのぬいぐるみを集めてくるのかなって」

「知りたい？」

からかうように笑いながら楽しげなオレンジ色を纏う律真さんに、私は首を横に振った。

「……いえ、大丈夫です」

「そう？　明日菜ちゃんにならいつでも教えるさかい、なんでも聞いてな」

律真さんは手慣れた様子でウインクをすると「車、止めてくるわ」と言って店の外に出て行った。どうやら一時的に無幻堂の前に車を止めて、段ボール箱だけ先に置きにきたようだった。

「戻ってくるんだと思うけど、このままにしておくのもなぁ」

上がり框に置かれたままの大きな段ボール。近くの駐車場に止めに行ったのだとしても戻ってくるまでに時間がかかる。中身はいつも通りなら、送魂予定の子たちが入っているはずだ。こんなところに無造作に、それも粗大ゴミのように置かれているのを見るのはなんとも言いがたい気持ちだ。

「とりあえず応接間に運ぼうかな」

いくら箱が大きくても中身はぬいぐるみだ。どれだけ詰まっていたとしても、持てないほどではないだろう。私は両腕を広げると、箱の底に手をかけた。

「って、ひゃっ！」

持ち上げた途端、ドサドサッという音を立てて一瞬にして手の中の重みがなくなった。

嫌な予感しかしない。

恐る恐る視線を下に向けると、そこには散乱したぬいぐるみたちが落ちて、ううん、座っていた。

「え、わ、ご、ごめんね！　みんな、申し訳ないんだけど段ボールの中に戻ってもらってもいい、かな？」

私の言葉にぬいぐるみたちはニッコリと笑みを浮かべた。その笑顔に安堵した——瞬間、ぬいぐるみたちは思い思いの方向へと走り出した。

「え、えええ!?　ま、待って！」

手に持った段ボールを下に置くと、慌てて近くにいたパンダのぬいぐるみを捕まえた。

小さな身体のどこにそんな力があるのか、私の手の中から逃れようとジタバタと暴れ回る。

「ちょっと……！」

落とさないように必死で捕まえる。けれど、このあとどうすればいいかわからず、羽交い締めるように抱きしめた。そんな私の耳に、陽気な声が聞こえる。

「ん？　明日菜ちゃん、何をぬいぐるみと遊んではるん？」

顔を上げるとそこには、ひらひらと手を振る律真さんの姿があった。

「遊んでなんかないです！　段ボールの底が抜けちゃって」

「あー、底を手で支えへんかったんやね。そら抜けるわ」

「笑ってないでどうにかしてください」

私の言葉に「しゃあないなぁ」と底が抜けた段ボールを手早く直してくれる。私は手に持ったぬいぐるみを慌ててその中に入れた。途端にそれまで手の中で暴れていたパンダが急に大人しくなった。

「はあ、よかった」

「よくは、なさそうやね」

「え？」

廊下の奥を指差す律真さんにつられるままそちらに視線を向ける。すると、そこにはまるで仔猫を咥えた親猫のようにぬいぐるみの首根っこを咥えている詩さんの姿があった。

当たり前のように律真さんが持つ段ボールにぬいぐるみを入れると、詩さんはため息を吐いた。

「またあんたね、律真」

「おお、こわ。そんな怒らへんでも」

「あたしなんかより」

クイッと顎で示すようにする詩さんの後ろから、両手に二匹ずつのぬいぐるみを捕まえた柘植さんが姿を現した。

感情の色が見えなかったとしても、わかっただろう。口を開かずとも、柘植さんが怒っていることに。

「兄貴、何やってんだ」

「俺やないって。ここに段ボール置いたら、明日菜ちゃんが中身出してしもて」

「その段ボールを持ってきたのは兄貴だろ。なら諸悪の根源はお前だ」

柘植さんが律真さんを睨みつける姿に、思わず先日テレビでやっていた蛇に睨まれた蛙の姿を思い出してしまって「ふふっ」と笑い声が洩れた。

「明日菜ちゃんも笑うてへんで、ちゃんと説明してや」

「明日菜に責任を押しつけるな」

「誰も庇ってくれへんくてお兄ちゃん寂しい」

泣き真似をする律真さんだったけれど、柘植さんと詩さんは冷たい視線を向ける。けれどそんな状況に耐えきれず、私はつい口を開いてしまった。

「あ、あの。違うんです、本当に私のせいなんです」

このままでは本当に律真さんの責任になりかねないから。

「私がこの段ボールを移動しようとして持ち上げたら、底が抜けてしまって。だから律真さんが悪いわけじゃないんです」

視界の端で律真さんが「うんうん」と満足そうに頷いているのが見えた。

「だがその段ボールを持ってきたのは誰だ？」

「それ、は、律真さんですけど」

「明日菜ちゃん!?」

先ほどの満足そうな表情から一転、律真さんはまるで私がそんなふうに言うとは思わなかったかのような驚いた表情を浮かべていた。

以前までの私ならきっと、律真さんがどうしてほしいかをくみ取って、きっと全て私が悪いんだとそう言っていたと思う。でも、今は——。

私の回答に、柘植さんは頷いた。そして。

「兄貴は黙ってろ。つまり、だ。兄貴がうちに段ボールを持ってこなければ、こんなことにならなかったし、持ってきたとしても底をきちんと補強しておけば抜けることもなかった。違うか？」

「違わ、ないです」

「じゃあ、誰のせいだ？」

「……律真さん、です」

「明日菜ちゃーーん」

裏切られた、という表情を浮かべた律真さんは——何故か、楽しそうなオレンジ色を纏っていた。どういうことなのか、私にはさっぱりわからない。

「——あの、すみませんでした」

「へ？　何が？」

だから私は、みんなで手分けして残りのぬいぐるみたちを探そうという話になったとき、こっそりと律真さんに話しかけた。

「その、さっきの。結局、全部律真さんのせいにしてしまって」

謝る私に律真さんは、ケラケラと軽快に笑った。

「なんや、そないなこと心配してたんか」

「だ、だって」

「あんなん適当でええんよ。そもそもほんまに俺が招いたことやから。それに」

律真さんは和室の押し入れの奥に手を入れ、ぬいぐるみを引っ張り出そうとしている柘植さんに視線を向けた。

「え？」

「あんなふうな顔をするんやなって、ちょっと新鮮やったからな」

「なんでもない。それよりサボっとったら悠真に怒られるんとちゃう？」

「あっ……！」

私は律真さんに頭を下げると、慌ててぬいぐるみ探しを再開した。

ぬいぐるみたちは無幻堂の中のあちこちに隠れていた。机の下や戸棚の中にいてくれるのはまだ可愛い方で、台所のお鍋の中や庭の草木の隙間に隠れているものまでいた。

「や、やっと捕まえた」

私は井戸の裏に隠れていたところを見つけたウサギのぬいぐるみを、廊下に置いたままにしておいた段ボールの中に入れる。段ボールに並べられたぬいぐるみたちはついさっきまで動いていたとは到底思えず、まるでただのぬいぐるみのように大人しくそこにいた。

「どうした？」

ぬいぐるみたちを見つめていた私に、柘植さんが怪訝そうな表情と色を浮かべて尋ねた。

「あ、いえ。その、この中に入るとどうして大人しくなるのかなって」

そういえば、いつも律真さんは段ボールに入れて送ってくるけれど、そのときもみんな暴れずに大人しいままだ。この中ではジッとしているように、なんて言われているのだろうか、なんてことを想像してふっと笑みがこぼれそうになる。けれどそんな私に柘植さんは、呆れたように首を振った。

「これはそういうふうにできているんだ」

「そういう、ふう？」

「この段ボールにかけられた呪《まじな》いで動けなくなっているんだ。……送魂なんてまどろっこしいことをせずに、呪いをかけた箱のままお焚き上げをしていた時代もあったらしい」

「そんなの……酷い……」

思わず口を押さえた私に、柘植さんは優しい視線を向けてくれる。なんとなく居心地が悪くて、私は「そっか！」とわざと明るい声を出した。

「だからあの箱に入れると、みんな大人しくなるんですね」

「まあそういうことだ」

手に持った亀のぬいぐるみを、そっと段ボールの中に入れながら柘植さんは言った。

——そういうところ、凄く素敵だなって思います。

思わず口をついて出そうになった言葉を、私は慌てて呑み込んだ。いったい何を口走ろうとしたのか。

「明日菜？」

「な、なんでもないです」

ただのぬいぐるみだと乱雑に扱うことなく、そっと丁寧に箱の中に並べる。そこにぬいぐるみに向けられた柘植さんの優しさや姿勢のようなものを感じて、凄く嬉しくなった。そしてそれは私だけじゃなくて。亀のぬいぐるみが纏う色も、安らぎや安心の緑色になっていた。

「あかんわ、一匹だけどないしても見つからへん」

廊下の曲がり角から頭を掻きながら姿を現した律真さんは、私たちを見るなり楽しそうに目を細め口角を上げた。

「なになにー？　俺らが必死に捕まえとる間に、イチャついてはったん？」

「なっ……！」

からかわれているだけだとわかっているのに、思わず顔が熱くなる。どうやって否定すればいいのかと考えている私の隣で、柘植さんは無言のまま律真さんに向かって歩き出す。そして、真正面に立ったその瞬間、「ぐっ」と呻き声を上げ、律真さんは床に崩れ落ちた。

「え、な」

「お前のせいで、俺たちが手を煩わされているというのに」

「か、堪忍やで」

蹲ったままお腹を押さえ、顔だけこちらに向けた律真さんは苦笑いを浮かべて謝る。いったい何をしたのか、気になったけれど。

「あ、あの」

「なんでもない」

それ以上、何も聞いてはいけない雰囲気に私は黙ったまま頷いた。

「とにかく、もう一度探すしかないだろ」

「それはそうやけど、もう他にどこを探したらいいんかわからへんしな」

「だからと言ってこのままにしておくわけにもいかないだろ」

二人の会話に申し訳なさでいっぱいになる、そもそも私が箱を持ち上げようとしなければこんなことにはならなかったのに。

もう一度、最後の一体がどこかにいないかと辺りを見回す。すると、先ほどまでは閉まっていたはずの玄関の引き戸が、十センチほど開いているのが見えた。

「まさか……」

違っていてほしい。でもこれだけみんなで探しても見つからないということは、外に出たとしか考えられなかった。

「あの……っ」

二人にこのことを話そうと思って、私は開いた口を慌てて閉じた。柘植さんたちのことだから、外に出たかもしれないなんてことを聞いたら、一緒に探してくれる。でも――。

本来やらなければいけないことを投げ出してまで、ぬいぐるみたちを探してくれていたことを思い出す。これ以上、私の不手際のせいで二人に迷惑をかけたくない。

気づかれないようにそっとその場を離れると、私は店の外に飛び出した。


探すと言っても、どこに行ったのか見当もつかない。お店の周りを探してみたものの、どこにも姿は見えず、気づけば四条大橋まで来ていた。橋の上からは、鴨川の河川敷が見える。等間隔に座る恋人たちはあんなに幸せそうなのに、私ときたら。

「はぁ」

思わず吐いてしまったため息に慌てて背中を伸ばす。落ち込んでいる場合じゃない。そんな暇があるのなら、いなくなってしまったぬいぐるみを見つけなければ。そう思うのに。

「はぁ」

「え？」

私が二度目のため息を吐くよりも早く、すぐそばで深いため息の音が聞こえた。どこから聞こえたのかと辺りを見回すと、足下に小さな女の子がいた。薄ピンク色の小さな白い小花が散ったワンピースを着た女の子は、橋の欄干を背もたれにして私の足下に座り込んでいた。不安そうな表情を浮かべ、悲しみの青に包まれたその子は、もう一度ため息を吐いた。

迷子だろうか。声をかけようと視線を合わせ、私は漸くその子が人間ではないことに気づいた。

「お人形……？」

「おねえさん、わたしが見えるの？」

「うん、見えるよ」

「お話もできるのね、嬉しい」

よく目をこらすと、そこにいたのは小さなキツネのぬいぐるみだった。人型に見えるということは、余程想いが詰まっているのだろう。私は、初めて無幻堂に来たときのことを思い出す。あれから随分経って少しは役に立てるようになってきたかと思っていたのに。

結局、私はあの頃から何も進歩していないのかもしれない。

「おねえさん？　どうかしたの？」

「ううん、何でもないの。ねえ、あなたのお名前は？　どうしてここにいるの？」

「……わたし、はなちゃん。ゆめちゃんがね、わたしのこと落としちゃったの。いっぱいいっしょにいたのに、いつも手をつないでどこに行くのもいっしょだったのに」

キツネのぬいぐるみを包み込む青色がどんどん深くなっていく。

「そっか、はなちゃんっていうんだね。ゆめちゃんとはどこではぐれちゃったかわかる？」

「わかんない……」

　人通りの多い四条大橋の片隅で、欄干にもたれかかるように置かれたぬいぐるみに話しかけている。そんな私の姿は異様に映るようで。行き交う人たちがヒソヒソと何かを話しているのが聞こえる。

「ちょっと移動しようか」

　はなちゃんに声をかけ断りを入れると、身体を持ち上げて鴨川に下りる階段に向かった。

　恋人同士で座っている人が大多数とはいえ、一人で座っている人もいないわけではない。

　大きく間隔の空いたところに腰を下ろすと、隣にはなちゃんを座らせた。

「ごめんね、あそこだと人の邪魔になっちゃうから」

「ううん、だいじょうぶ。ねえ、おねえさん。ゆめちゃんはもうわたしのことなんていらなくなっちゃったのかな」

　今にも泣き出しそうな表情で、はなちゃんはポツリポツリと言葉を紡ぐ。

「そんなこと……！」

「ずっといっしょにいたのに、最近のゆめちゃんはわたしのことなんてどうでもよさそうで。他の人形を買ってもらったから、わたしなんていらなくなっちゃったのかもしれない」

「はなちゃん……」

あまりにも悲しそうな言葉に胸が締め付けられる。もしかしたら本当に大きくなるにつれて、ぬいぐるみを卒業してしまったのかもしれない。新しい人形に目移りしてしまったのかもしれない。それはたしかにあり得ることで、大きくなる過程からは避けて通れないことだと思う。でも、そうじゃないことを、それだけじゃないことを今の私は知っている。

「私のお話、聞いてくれる？」

「おねえさんの？」

「そう、私が出会った、お人形やぬいぐるみたちの話」

どれだけみんなが持ち主に愛されて、そして愛してきたか。想って想われて、時には暴走してしまうこともあった、あの子たちの話を。

「──そっか」

話し終えた私に、はなちゃんはそれだけ言うと黙り込んでしまった。私もそれ以上何か言うことはできず、ただ流れゆく鴨川を見つめる。日差しが水面に反射してキラキラと輝いている。橋の上から見ているより流れは速くて、遠くから見ているだけではわからないこともあるのだと思わされる。

「おねえさんは」

「え？」

せせらぎに耳を傾けていた私に、はなちゃんの声が聞こえた。

「おねえさんはさっき、どうして悲しそうな顔をしていたの？」

さっき、というのは恐らく四条大橋の上で出会ったときのことだろう。小さな子に仕事の話をしても仕方がないのかもしれない。それでも悩みを話してくれたはなちゃんに対して、誤魔化したり嘘を吐いたりしたくなかった。

「仕事でね、失敗しちゃったの」

「失敗？」

「うん。ちょっと慣れてきてうまくできるようになったと思ってたのに、結局私なんて役立たずで、周りに迷惑ばっかりかけているんだなって思ったら落ち込んじゃって。大人なのにかっこ悪いよね。はああ、今日こそは行きたかったカフェに行けると思ってたけど、それも無理そうだし。ってまあ、私の失敗のせいだから仕方ないんだけどさ」

正直に話すどころか愚痴のようになってしまった自分の言葉に思わず苦笑いを浮かべる。はなちゃんは何も言わないまま、ただ私の話を聞いてくれていた。

「ホント自分が嫌になっちゃう。……でも」

俯いていた顔を上げると、私は真っ直ぐに前を見据えた。

「きっと柘植さんたちは私がちゃんと最後の子を見つけて帰ってくるって信じてくれてい

ると思うから」

私が出ていったことになんてもうとっくに気づいているはずだ。それでも何の連絡もないのは、きっと信じてくれているからだと思う。だから私はその信頼に応えたい。

「……そっか」

はなちゃんは私の言葉にそう呟くと、その場に立ち上がった。

「人間も、大変なこととか辛いことが多いんだね」

そう言ったはなちゃんの言葉は先ほどまでの舌っ足らずな子どものものとは違い、大人びて落ち着いていた。

「はなちゃん?」

「ホントはね、わかってたの。もうゆめちゃんにわたしは必要ないって。いつまでも三つの小さな子じゃなくて、大きくなるにつれぬいぐるみと一緒にいるよりも楽しいことがいっぱいあるって。それでもそばに置いていてくれたら、遊んでくれなくてもいいってそう思ってた。でも、さよならも言えないままどこかに送られちゃって……」

「……まさか」

ずっと誰かの落とし物なのだと思っていた。きっと探しているだろうから届けてあげなければと考えていた。けれど、もしかしてはなちゃんは——。

「あなたが最後の一人……？　段ボールから飛び出しちゃった……」

「……うん。ごめんね、探しに来てもらっちゃって。どうしてもゆめちゃんのところに帰らなきゃって、そう思って。でも」

はなちゃんは私の方を見てニッコリと笑みを浮かべた。

「おねえさんの話を聞いたら、わたしのことを思ってあの場所に送ってくれたんだってことがわかったから、もう大丈夫。連れて帰ってくれる？」

「うん、一緒に帰ろう」

私ははなちゃんを抱きしめると立ち上がった。無幻堂に帰るために。


そっと無幻堂の戸を開けると、そこには柘植さんの姿があった。

「え……」

「やっと戻ったか」

それだけ言うと、私の腕の中のはなちゃんを一瞥し、廊下の奥へ歩いて行く。

「あ、あの」

「送魂するからさっさと連れてこい。準備はもうできている」

「あ、はい」

はなちゃんに視線を向けると、小さく頷いていた。少し不安が残るのか、黒い色に包まれている。

「大丈夫だよ」

「……うん」

腕の中で私の服の袖をギュッと握りしめるはなちゃんに声をかけると、まだ不安そうではあるけれどほんの少しだけ黒色が和らいだ気がした。

「こっちにぬいぐるみを貸せ」

「あ……はい」

栢植さんの言葉に、はなちゃんをそっと差し出す。最後まで握りしめられていた袖から手を離そうとして——握り直すと、はなちゃんは顔を上げた。

「ねえ、お兄さん」

「……なんだ？」

突然、話しかけられた栢植さんは怪訝そうに眉をひそめる。はなちゃんは栢植さんの態度に臆することなく、口を開いた。

「おねえさん、行きたいカフェがあるんだって」

「は？」

「はなちゃん!?」

いったい何を言い出すのかと焦った私と、眉間の皺が深くなる栢植さん。けれど、そんな私たちの反応なんてお構いなしにはなちゃんは話を続けた。

「でもね、ここが終わるのが遅くていつも行けないんだって。可哀想でしょ？　今日、わたしのことを見つけてくれたご褒美に、少しでいいから早く帰らせてあげてよ」

「い、いいんだよ。そもそもはなちゃんを段ボールから出しちゃったのは私なんだから。自分がした失敗を自分で取り返しただけなんだから」

「でも、おねえさんがいなかったらわたしはこんなふうにスッキリした気持ちでここにいることなんてできなかったよ。きっと今も捨てられたんだと思ってたし、もしかしたらゆめちゃんを、人間を恨んでいたかもしれない。そうしたらもっと大変なことになっていたかもしれないでしょ」

「そ、それは」

　否定することのできないはなちゃんの言葉に何と言っていいかわからなくなる。向かいに立つ柘植さんを見ると、何か考え込んでいるような表情を浮かべていた。

「だから、おねえさんにご褒美をあげてほしいの。駄目、かな……？」

「……わかった」

　ジッと見つめるはなちゃんに、柘植さんは首を縦に振った。その言葉に嘘やその場しのぎの誤魔化しがないことは、色を見れば一目瞭然だった。

「約束だからね」

「わかったと言っているだろ。さっさとこっちに来い」

もう一度伸ばした柘植さんの手に、今度こそはなちゃんは乗り移った。

「おねえさん」

一度だけ私の方を振り返ると、柔らかい笑みを浮かべて言った。

「ありがとう」

その言葉に頷くと、私も微笑みかける。そして――はなちゃんの魂は煙とともに空へと昇っていった。


「どこのカフェに行きはるん？」

片付けも殆ど終わった頃、律真さんが私に言った。

「え、カフェって」

「明日菜ちゃん、このあと行くんやろ？」

「い、いえ。まだ仕事残ってますし」

ね、と確認するように柘植さんの方を見ると、眉間に皺を寄せてこちらに視線を向けた。

「あいつと約束したんだ。今日はもう終わりでいいからカフェに行ってこい」

「いいんですか……？」

「お前のことをカフェに行かせないと、心残りだって言って戻ってきかねないからな」

「たしかに……」

はなちゃんと柘植さんの会話を思い出して、その通りかもしれないとつい笑ってしまう。

「で、どこに行くん？」

「あ、えっと、ここです」

スマホで表示させたお店を見せると、律真さんは笑みを浮かべた。

「ここ、俺も一回行ってみたいって思ってたとこやわ。ほな、一緒に行こか」

「え、えええ？」

「おい、律真」

律真さんの提案に戸惑っていると、見かねた柘植さんが声をかけてくれる。

「何を調子のいいこと言ってんだ」

「調子ええやなんて失礼な。ほんまに行きたかったからそう言うてるだけやで？　それともなんや。悠真も行きたかったんか？」

「そんなわけないだろ」

「ならええやん。明日菜ちゃんやって一人で行くん寂しいやろうし。なあ？」

同意を求めるように言われても、どう答えていいかわからない。否定するのも失礼だし、かといって律真さんと二人で行くのも少し気まずいような。なんて答えようかと悩んでいると、私が口を開くよりも早く柘植さんが答えた。

「なら、俺が行く」

「へえ……？」

柘植さんの言葉に、律真さんは楽しそうに口角を上げる。そしてそのまま、謎の兄弟げんかのような言い合いが始まってしまった。

私はそっとスマホに目を落とす。このまま兄弟げんかが終わるのを待っていたらお店が閉まってしまう。早く帰っていいのは確かだし、それなら。

まだ言い合いをしている二人を尻目に、私は本日二度目となる——お店から静かに抜け出すことに成功した。

行きたかったお店は清水寺近くの産寧坂にあった。無幻堂から程近い四条河原町にも店舗はあるのだけれど、どうしても清水三年坂店に来たかった。その理由は——。

「お待たせしました」

そう言って運ばれてきたのは、雲の形をしたムースと抹茶ラテのセットだった。あまりの可愛さに、思わずスマホを向けて写真を撮る。SNSで人気の理由が一目でわかる。

フォークを刺して口に運ぶと、ふんわりとした口溶けと優しい甘さが広がる。

「ん————、美味しい！」

思わずついて出た言葉に、慌てて両手で口を押さえる。そっと見渡すけれど、怪訝そうにこちらを見ている人はいなくてホッと息を吐いた。

お一人様も多い、と記事には書いてあったけれど、タイミングが悪かったのか生憎《あいにく》今日は恋人同士で来ている人が殆どだった。私は空席となった向かいの席に視線を向ける。

いつか私も、誰かと――。

そう思った瞬間、脳裏を過ったのは白髪ロングヘアの男性で。

「って、違う！」

邪念を振り払うように、雲の形のムースを頬張った。口いっぱいに広がる甘さが、始まるには少し早い何かを予兆していることを――私はまだ、知らない。

あとがき

初めましての方も、いつもお読みくださっている方も、こんにちは。望月くらげです。

この度は『京都「無幻堂」でお別れを　大切な人形の魂を送る処』をお手に取って下さりありがとうございます。

この物語は、人の感情が色で見える主人公・明日菜が人形たちの魂を送るお店『無幻堂』で働く中で、たくさんの人形やその持ち主の思いに触れ、心を通わせていくお話です。必死になって人形の思いに寄り添う明日菜を見守り支える店主・柘植と先輩猫の詩。二人と一匹の物語を、楽しんでいただけると嬉しいです。

今回のお話にはたくさんの人形が出てきますが、私の周りにも小さな頃からたくさんの人形たちがいました。どの子も大好きで、きっと皆さんにとってもそうだったように幼い私にとっても大切なお友達でした。そんなお友達とも、いろんな理由でお別れをしました。でも、大事にしていたからこそ、ゴミ袋に入れて捨ててしまうようなお別れはしたくない。そんな思いから、このお話が生まれました。

大切な人形の最期に眠る場所。大事にしてきた思いごと送ってくれる『無幻堂』が誰かの思いの行き着くところであってほしいと思っています。

それでは、最後に謝辞を。

この作品を是非書籍にしましょうと、お声がけくださった担当のT様。作者以上にキャラクターたちを愛してくださり、とても嬉しかったです。二人で『律真さんが好き！』と意気投合した結果、出番が凄く増えたのはいい思い出です。笑

また、装画を手がけてくださったチェリ子様。イラストを拝見し、人形たちのあまりの可愛さに悶絶し、僅かに見えた柘植さんのお顔に声を失いました。とっても素敵な装画を本当にありがとうございました。

それから、いつも支えてくれる作家仲間や家族。頑張れと応援してくれるだけでなく、無茶なスケジュールを立てようとする私を叱ってくれてありがとう。スケジュールを組むのが苦手でごめんなさい。

そして、この本を手に取ってくださった全ての方へ、心からの感謝を。ここまで読んでくださり、本当にありがとうございます。この作品があなたにとって、少しでも楽しい時間をお届けできていれば幸いです。

それでは、またどこかで皆様と出会えることを、心から願って。

望月くらげ

ことのは文庫

京都《きょうと》「無幻堂《むげんどう》」でお別《わか》れを

大切《たいせつ》な人形《にんぎょう》の魂《たましい》を送《おく》る処《ところ》

2024年1月27日　初版発行

著者　望月《もちづき》くらげ

発行人　子安喜美子

編集　田中夢華

印刷所　株式会社広済堂ネクスト

発行　株式会社マイクロマガジン社

URL：https://micromagazine.co.jp/

〒104-0041

東京都中央区新富1-3-7 ヨドコウビル

TEL.03-3206-1641 FAX.03-3551-1208（販売部）

TEL.03-3551-9563 FAX.03-3551-9565（編集部）

ISBN978-4-86716-519-5　C0193

乱丁、落丁本はお取り替えいたします。